CE DES MAISONS D'ÉDUCATION CHR.

ARISTOTE

POÉTIQUE

TEXTE GREC

AVEC NOTES GRAMMATICALES ET LITTÉRAIRES

PAR

M. L'ABBÉ MAUNOURY

Professeur au petit séminaire de Séez

CHAPITRES I-IX

PARIS

LIBRAIRIE POUSSIELGUE FRÈRES

Rue Cassette, 15

1879

ALLIANCE DES MAISONS D'ÉDUCATION CHRÉTIENNE.

ARISTOTE

POÉTIQUE

TEXTE GREC

AVEC NOTES GRAMMATICALES ET LITTÉRAIRES

par

M. L'ABBÉ MAUNOURY

Professeur au petit séminaire de Séez.

CHAPITRES I-IX

PARIS

LIBRAIRIE POUSSIELGUE FRÈRES

RUE CASSETTE, 15

1879

PRÉFACE

La *Poétique* d'Aristote est un des livres qui ont le plus exercé la critique. Le traité complet qu'avait dû composer l'illustre philosophe ne nous est point parvenu. Celui que nous avons est-il un simple extrait fait par une main étrangère? ou bien est-ce une première ébauche de son grand ouvrage? La question n'est pas décidée; mais quoi qu'il en soit, essai ou fragments, le livre que nous possédons est bien d'Aristote. On reconnaît partout l'esprit vaste et admirablement lucide du profond penseur. Il appuie ses principes sur la nature même de l'esprit humain et sur l'examen judicieux des chefs-d'œuvre que la Grèce avait produits jusqu'à son époque. Aussi les règles qu'il pose ont-elles été généralement acceptées. Elles forment le fond de l'Art poétique d'Horace et de celui de Boileau. Ces lois, devinées par Homère et par Sophocle, ont guidé Virgile, Le Tasse, Corneille, Racine. D'heureux génies trouveront peut-être d'autres voies; le succès pourra justifier leurs hardiesses; mais les anciennes règles, qui ont enfanté tant de beaux ouvrages, mériteront toujours d'être étudiées, respectées.

Ce n'est pas que nous voulions défendre absolument tout ce que l'on trouve dans ces pages d'Aristote. L'idée même qu'il donne de la poésie ne convient guère qu'au drame et au poëme narratif, les seuls dont il s'occupe. La poésie est l'imitation par la parole, dit-il. Mais qu'est-ce donc qu'imitaient Hésiode et Pindare, l'un dans son poëme des *Travaux et des Jours*, l'autre dans ses odes sublimes? La définition d'Aristote semble supprimer la poésie didactique et la poésie lyrique. Nous préférons cette définition : La poésie est l'expression du beau dans un langage mesuré. On peut considérer les vingt-six chapitres qui nous restent de la *Poétique* d'Aristote, comme un premier jet, un travail préparatoire de l'ouvrage que méditait le philosophe, ou bien des notes rédigées pour son usage en vue des leçons qu'il développait devant ses disciples. Alors on s'explique aisément le laconisme de son style, les ellipses et les irrégularités de sa phrase. Il écrivait pour lui-même et non pour le public. Avec de la réflexion on finit par le comprendre, et pénétrer sa pensée; au reste, l'idée est toujours nette et le mot juste. Malheureusement il y a des fautes de copistes difficiles à corriger, des lacunes qu'on peut à peine combler par des conjectures; puis des allusions à des faits inconnus, à des écrits perdus. C'est dire qu'il faut renoncer à comprendre certains passages : ils sont d'ailleurs peu nombreux.

Nous avons revu le texte sur les meilleures éditions, celle de M. Egger nous a été d'un grand secours. Nous ne donnons aujourd'hui que les neuf premiers chapitres inscrits au programme du baccalauréat. Les notes qui les accompagnent ont pour but d'éclaircir toutes les difficultés que présente soit la pensée, soit la phrase. Nous avons essayé de n'en laisser aucune sans solution.

A. MAUNOURY.

ΑΡΙΣΤΟΤΕΛΟΥΣ

ΠΕΡΙ ΠΟΙΗΤΙΚΗΣ

CHAPITRE PREMIER.

I. La poésie consiste dans l'imitation ; trois différences dans l'imitation.

Περὶ ποιητικῆς[1] αὐτῆς τε καὶ τῶν εἰδῶν αὐτῆς, ἥντινα δύναμιν[2] ἕκαστον ἔχει, καὶ πῶς δεῖ συνίστασθαι τοὺς μύθους[3], εἰ μέλλει καλῶς ἕξειν ἡ ποίησις, ἔτι δὲ ἐκ πόσων καὶ ποίων ἐστὶ μορίων[4], ὁμοίως δὲ καὶ περὶ τῶν ἄλλων ὅσα τῆς αὐτῆς ἐστι μεθόδου[5], λέγωμεν, ἀρξάμενοι κατὰ φύσιν πρῶτον ἀπὸ τῶν πρώτων.

I. — 1. Ποιητικῆς. Par l'étymologie même de son nom, la poésie, ἡ ποιητικὴ τέχνη, est l'art de créer, d'inventer. Elle est ainsi bien différente de l'histoire, qui raconte les événements accomplis, et de la métrique, qui mesure et versifie les paroles.

2. Ἥντινα δύναμιν ἕκαστον ἔχει. *Quam vim unumquodque genus poeseos habeat, quid contineat, quam late pateat.* Quelle est l'idée que nous devons nous former de chaque genre? Quelle en est l'étendue, la forme, les limites? Δύναμις, qu'on emploie pour signifier valeur d'un mot, valeur d'une monnaie, présente ici un sens analogue. — Quelques éditions donnent ἕκαστόν τι. Ce τι ajoute du vague au pronom ἕκαστον, et l'on peut rendre : *Unumquodque genus qualecumque sit.*

3. Μύθους. Le mot μῦθος, fable, signifie le sujet d'un poëme épique ou dramatique, l'ensemble des faits dont il se compose.

4. Πόσων καὶ ποίων μορίων, de combien de parties se compose chaque genre, et quelle est la nature de ces parties?

5. Μεθόδου, c'est-à-dire τῆς ποιητικῆς, tout ce qui est du ressort de la poétique, *quidquid ad hanc artem attinet.*

Ἐποποιία δὴ[6] καὶ ἡ τῆς τραγῳδίας ποίησις, ἔτι δὲ κωμῳδία, καὶ ἡ διθυραμβοποιητικὴ, καὶ τῆς αὐλητικῆς ἡ πλείστη[7] καὶ κιθαριστικῆς, πᾶσαι τυγχάνουσιν οὖσαι μιμήσεις τὸ σύνολον. Διαφέρουσι[8] δὲ ἀλλήλων τρισίν· ἢ γὰρ τῷ γένει ἑτέροις μιμεῖσθαι, ἢ τῷ ἕτερα, ἢ τῷ ἑτέρως καὶ μὴ τὸν αὐτὸν τρόπον.

II. Différentes espèces de poésie selon les moyens d'imitation.

Ὥσπερ γὰρ καὶ χρώμασι καὶ σχήμασι[9] πολλὰ μιμοῦνταί τινες ἀπεικάζοντες (οἱ μὲν διὰ τέχνης, οἱ δὲ διὰ συνηθείας), ἕτεροι δὲ διὰ τῆς φωνῆς[10], οὕτω κἀν ταῖς εἰρημέναις τέχναις[11], ἅπασαι μὲν

6. Par ἐποποιΐα, l'auteur entend ici non le poëme épique proprement dit, mais la poésie narrative.

7. Τῆς αὐλητικῆς ἡ πλείστη, la plus grande partie de l'aulétique, ou art de jouer de la flûte. On fait gouverner le nom au génitif par l'adjectif, pour marquer la partie d'un tout. Ex.: ὁ ἥμισυς τοῦ χρόνου, ἡ πλείστη τῆς στρατιᾶς. (Synt., 35.) — Τὸ σύνολον, dans leur ensemble, en somme.

8. Διαφέρουσι. Les genres de poésie diffèrent les uns des autres en trois manières. Ils imitent par des moyens de nature différente Ils imitent des objets différents. Ils imitent d'une manière différente. — Τῷ μιμεῖσθαι dépend de διαφέρουσιν, ἑτέροις dépend de μιμεῖσθαι, et γένει dépend de ἑτέροις. — Μὴ τὸν αὐτὸν τρόπον, s.-e. κατὰ, *non eodem modo*.

9. Σχήμασι. Ce mot doit signifier « les gestes », et non le trait ou le dessin. Car le premier sens se rapporte très-bien à συνηθείας, qui s'accorde mal avec le second. Il suffit, en effet, d'un peu d'habitude pour réussir à peindre par les gestes ; mais un maître est nécessaire pour apprendre l'art du dessin. Aristote dit lui-même, quelques lignes plus bas, que la danse imite par des rhythmes figurés, διὰ σχηματιζομένων ῥυθμῶν. Et dans Platon, la danse est définie μίμησις τῶν λεγομένων σχήμασι γενομένη. (*Leg.* VII.)

10. Ἕτεροι δὲ διὰ τῆς φωνῆς. Ces mots paraissent une note marginale qui aura passé dans le texte.

11. Ἐν ταῖς εἰρημέναις τέχναις. Les arts dont il vient de parler sont la poésie épique, tragique, comique, dithyrambique, avec l'aulétique et la citharistique. — Κἀν, pour καὶ ἐν, mais κἄν est pour καὶ ἄν.

ποιοῦνται τὴν μίμησιν ἐν ῥυθμῷ, καὶ λόγῳ, καὶ ἁρμονίᾳ, τούτοις δ' ἢ χωρὶς ἢ μεμιγμένοις· οἷον ἁρμονίᾳ μὲν καὶ ῥυθμῷ χρώμεναι μόνον ἥ τε αὐλητικὴ καὶ ἡ κιθαριστική, κἂν εἴ τινες ἕτεραι τυγχάνουσιν[12] οὖσαι τοιαῦται τὴν δύναμιν, οἷον ἡ τῶν συρίγγων[13]· αὐτῷ δὲ τῷ ῥυθμῷ μιμεῖται χωρὶς ἁρμονίας ἡ τῶν ὀρχηστῶν[14]· καὶ γὰρ οὗτοι διὰ τῶν σχηματιζομένων ῥυθμῶν μιμοῦνται καὶ ἤθη, καὶ πάθη, καὶ πράξεις. Ἡ δὲ ἐποποιία[15] μόνον τοῖς λόγοις ψιλοῖς ἢ τοῖς μέτροις, καὶ τούτοις[16] εἴτε

12. Κἂν εἰ, pour καὶ ἂν εἰ, forme un pléonasme : mais εἰ est ici la vraie conjonction ; elle demande l'indicatif τυγχάνουσιν, et la particule ἄν, appelée par l'euphonie, ajoute seulement du vague à la pensée.

13. Ἡ τῶν συρίγγων, s.-e. τέχνη, l'art de jouer de la flûte de Pan, composée de sept tuyaux inégaux : *Disparibus septem compacta cicutis fistula.* (Virg.)

14. Ἡ τῶν ὀρχηστῶν s.-e. τέχνη. l'art des danseurs. Les rhythmes figurés par leurs pas, leurs mouvements, leurs gestes, imitent les mœurs, les passions, les actions. — La danse mimique était fort répandue chez les anciens, non-seulement en Grèce, mais encore en Italie, comme le témoigne ce vers d'Horace : *Pastorem saltaret uti Cyclopa rogabat* (*I Sat.*, V, 63), et celui-ci d'Ovide : *Et mea sunt populo saltata poemata sæpe* (*Trist.*, II, 519). — Plusieurs éditeurs, s'appuyant sur des manuscrits, lisent μιμοῦνται οἱ τῶν ὀρχηστῶν, et ils expliquent cela en sous-entendant παῖδες. Mais « les fils des danseurs », pour signifier les danseurs, est un hébraïsme, qui semble peu familier aux Grecs. Au lieu de l'ellipse de παῖδες, qui est peu acceptable, ne pourrait-on pas supposer que le mot πλεῖστοι manque ? Nous savons, en effet, que la danse était souvent accompagnée de musique et de paroles. La leçon οἱ τῶν ὀρχηστῶν πλεῖστοι offrirait donc un sens raisonnable. Nous conservons cependant la leçon ἡ τῶν ὀρχηστῶν, que nous trouvons dans des éditions estimées.

15. Ἡ δὲ ἐποποιία μόνον τοῖς λόγοις, pour l'épopée, elle imite seulement par le discours. L'adjectif ψιλοῖς se sépare de τοῖς λόγοις, comme s'il y avait τοῖς λόγοις ἢ ψιλοῖς ἢ τοῖς μέτροις (Synt., 17). On cite ce passage d'Aristote pour prouver, par son autorité, qu'un poëme épique peut être écrit en prose ; car λόγος ψιλὸς opposé à μέτρα, signifie « prose ». Mais si une fable poétique, inventée par un esprit fécond, peut être écrite en prose ou en vers, selon Aristote, il ne s'ensuit pas que ce philosophe donne le nom de Poëme épique à un ouvrage en prose.

16. Καὶ τούτοις, i. e. καὶ τούτοις τοῖς μέτροις χρωμένη, εἴτε μιγνῦσα τὰ μέτρα μετ' ἀλλήλων εἴτε, κ.τ.λ.

μιγνῦσα μετ' ἀλλήλων, εἴθ' ἑνί τινι γένει χρωμένη τῶν μέτρων, τυγχάνουσα μέχρι τοῦ νῦν[17].

Οὐδὲν γὰρ ἂν ἔχοιμεν ὀνομάσαι κοινὸν[18] τοὺς Σώφρονος[19] καὶ Ξενάρχου[20] μίμους, καὶ τοὺς Σωκρατικοὺς λόγους[21], οὐδὲ εἴ τις διὰ τριμέτρων ἢ ἐλεγείων, ἢ τῶν ἄλλων τινῶν τῶν τοιούτων, ποιοῖτο τὴν μίμησιν. Πλὴν οἱ ἄνθρωποί γε συνάπτοντες τῷ μέτρῳ τὸ ποιεῖν[22], τοὺς μὲν ἐλεγειοποιοὺς τοὺς δὲ ἐποποιοὺς ὀνομάζουσιν, οὐχ ὡς κατὰ τὴν μίμησιν ποιητάς, ἀλλὰ κοινῇ κατὰ τὸ μέτρον προσαγορεύοντες[23]. Καὶ γὰρ ἂν ἰατρικὸν ἢ μουσι-

17. Τυγχάνουσα μέχρι τοῦ νῦν. Ces mots sont une addition jetée à la fin de la phrase, comme s'il y avait ὡς τυγχάνει μέχρι τοῦ νῦν, soit que l'épopée n'emploie qu'un seul genre de mètres, comme cela a eu lieu jusqu'à présent. Aristote ne veut donc pas prononcer que le vers héroïque seul convient à l'épopée.

18. Οὐδὲν γὰρ ἂν ἔχοιμεν ὀνομάσαι κοινὸν τοὺς Σώφρονος μίμους. C'est-à-dire οὐδὲν ἂν ἔχοιμεν ὄνομα κοινὸν ᾧ ὀνομάζοιμεν τοὺς Σώφρονος μίμους. Car nous n'aurions pas un autre nom commun que nous pussions donner aux mimes de Sophron et aux discours de Socrate, s'ils étaient en vers : nous les appellerions des poëmes. Le mot ἐποποιΐα est, comme on voit, employé ici dans son sens étymologique, de ἔπος ποιέω, *carmen* ou *versus facio*, surtout *versus heroïcos*. Les mimes étaient de petits drames familiers. Ceux de Sophron, qui en fut l'inventeur, étaient en prose : οὐδὲ ἐμμέτρους τοὺς καλουμένους Σώφρονος μίμους, dit Aristote lui-même, dans un passage cité par Athénée.

19. Sophron, de Syracuse, vint s'établir à Athènes vers le milieu du cinquième siècle avant J.-C. Ses mimes eurent un grand succès. Platon les estimait.

20. Xénarque, fils de Sophron, composa des mimes comme son père.

21. Σωκρατικοὺς λόγους, les discours de Socrate, qui nous sont rapportés par ses disciples, notamment par Platon et Xénophon.

22. Πλὴν οἱ ἄνθρωποί γε, *cæterum homines quidem;* comme d'ailleurs on applique au vers l'idée de la poésie, on appelle les uns poëtes élégiaques et les autres poëtes épiques. — Τοὺς ἐποποιούς, les faiseurs de vers épiques ou héroïques, semblables à ceux d'Homère.

23. Οὐχ ὡς κατὰ τὴν μίμησιν ποιητὰς προσαγορεύοντες, ἀλλὰ κοινῇ κατὰ τὸ μέτρον ποιητὰς αὐτοὺς προσαγορεύοντες. Ils ne leur donnaient pas ce nom, à cause qu'ils imitaient; mais ils les appelaient du nom commun de poëtes, parce qu'ils écrivaient en vers.

κόν τι διὰ τῶν μέτρων ἐκφέρωσιν, οὕτω καλεῖν εἰώθασιν· οὐδὲν δὲ κοινόν ἐστιν Ὁμήρῳ καὶ Ἐμπεδοκλεῖ[24], πλὴν τὸ μέτρον· διὸ τὸν μὲν ποιητὴν δίκαιον καλεῖν, τὸν δὲ φυσιολόγον μᾶλλον ἢ ποιητήν. Ὁμοίως δὲ κἂν εἴ τις ἅπαντα τὰ μέτρα μιγνύων ποιοῖτο τὴν μίμησιν (καθάπερ Χαιρήμων[25] ἐποίησε Κένταυρον, μικτὴν ῥαψῳδίαν ἐξ ἁπάντων τῶν μέτρων), οὐκ ἤδη καὶ ποιητὴν προσαγορευτέον. Περὶ μὲν οὖν τούτων διωρίσθω τοῦτον τὸν τρόπον.

Εἰσὶ δέ τινες αἳ πᾶσι χρῶνται τοῖς εἰρημένοις, λέγω δὲ οἷον ῥυθμῷ καὶ μέλει καὶ μέτρῳ[26], ὥσπερ ἥ τε τῶν διθυραμβικῶν ποίησις, καὶ ἡ τῶν νόμων[27], καὶ ἥ τε τραγῳδία καὶ ἡ κωμῳδία· διαφέρουσι[28] δὲ ὅτι αἱ μὲν

24. Ἐμπεδοκλεῖ. Empédocle d'Agrigente (444) a composé un poëme sur la doctrine de Pythagore. Il était philosophe, poëte, historien, médecin, naturaliste. On connait ce vers d'Horace : *Deus immortalis haberi Dum cupit Empedocles, ardentem frigidus Æthnam Insiluit.* (A. P. 465.)

25. Chérémon, poëte dramatique, était disciple de Socrate. Il nous reste quelques vers de son *Centaure*.(Athén., XIII et XV.)

26. Ῥυθμῷ, καὶ μέλει, καὶ μέτρῳ. Le rhythme, le chant, le mètre. Μέλος a ici le même sens que plus haut ἁρμονία. C'est le chant formé soit par la voix, soit par un instrument de musique, un son harmonieux ; c'est surtout un chant lyrique. — Ῥυθμός, mouvement réglé et mesuré. En poésie, c'est un espace mesuré ayant un rapport avec un autre espace semblable. Le rhythme élégiaque consiste dans le distique ; le rhythme alcaïque, saphique, dans la strophe alcaïque, saphique. — Le mètre est aussi un espace mesuré, une combinaison régulière de syllabes. Le mètre se compose de pieds, le vers se compose de mètres, le rhythme se compose de vers. Μέτρον, opposé à μέλος, désigne les vers récités, et μέλος ceux qui sont chantés.

27. Ἡ τῶν νόμων. Les nomes étaient des poëmes en l'honneur de la divinité, faits pour être chantés avec accompagnement de la flûte et de la lyre. On les appelait νόμος, règle ou loi, parce qu'ils étaient composés de stances régulières, ordinairement au nombre de sept, dont la première était le prologue, et la dernière l'épilogue. L'ode d'Horace à Mercure, *Mercuri facunde*, en peut donner quelque idée.

28. Διαφέρουσι δὲ ὅτι αἱ μὲν ἅμα πᾶσι χρῶνται. Par exemple, le rhythme, le chant et le mètre régnaient à la fois dans tout le dithyrambe et dans tout le nome, tandis que le chant et le rhythme (ou danse) n'étaient admis que dans certains endroits de la tragédie et de la comédie.

ἅμα πᾶσιν, αἱ δὲ κατὰ μέρος. Ταύτας μὲν οὖν λέγω τὰς διαφορὰς τῶν τεχνῶν ἐν οἷς ποιοῦνται[29] τὴν μίμησιν.

CHAPITRE II.

Différentes espèces de poésie selon les objets imités.

Ἐπεὶ δὲ μιμοῦνται οἱ μιμούμενοι πράττοντας, ἀνάγκη δὲ τούτους ἢ σπουδαίους ἢ φαύλους εἶναι (τὰ γὰρ ἤθη σχεδὸν ἀεὶ τούτοις ἀκολουθεῖ μόνοις[2]· κακίᾳ γὰρ καὶ ἀρετῇ τὰ ἤθη διαφέρουσι πάντες), ἤτοι βελτίονας ἢ καθ' ἡμᾶς, ἢ χείρονας, ἢ καὶ τοιούτους ἀνάγκη μιμεῖσθαι, ὥσπερ οἱ γραφεῖς· Πολύγνωτος μὲν γὰρ κρείττους,

29. Ἐν οἷς ποιοῦνται τὴν μίμησιν. Telles sont les différences des arts, quant aux moyens avec lesquels ils imitent.

II. — 1. Comme ceux qui imitent, imitent des hommes qui agissent, et comme ceux qui agissent sont bons ou mauvais, vertueux ou vicieux (car l'expression des mœurs que se propose le poëte, ne s'applique qu'à ces caractères; puisque en effet c'est par le vice ou la vertu que tous les hommes diffèrent selon les mœurs) : alors il faut les peindre meilleurs que les hommes de notre temps (ἢ καθ' ἡμᾶς), ou pires, ou semblables. Ἤτοι marque l'apodose de la période. Les mots ἀνάγκη μιμεῖσθαι, que donnent plusieurs éditions, manquent dans les manuscrits. Ils sont exigés par le sens. Si on les omet, il faut au moins sous-entendre μιμοῦνται, qu'on voit en tête de la phrase. Comme cet écrit du philosophe n'était pas destiné à être publié, du moins tel qu'il nous reste, il arrive de temps en temps que la phrase ne contient que les mots qui suffisent à l'auteur, et le lecteur est obligé de suppléer ce qui manque.

2. Τὰ γὰρ ἤθη σχεδὸν ἀεὶ τούτοις ἀκολουθεῖ μόνοις. Car les mœurs n'accompagnent guère que ces personnages. C'est-à-dire l'expression des mœurs ne consiste guère qu'à peindre des hommes vertueux ou méchants. C'est en effet par le vice ou la vertu que tous les hommes diffèrent selon les mœurs.

Παύσων δὲ χείρους, Διονύσιος δὲ ὁμοίους εἴκαζεν[3]. Δῆλον δὲ ὅτι καὶ τῶν λεχθεισῶν ἑκάστη μιμήσεων[4] ἕξει ταύτας τὰς διαφοράς, καὶ ἔσται ἑτέρα τῷ ἕτερα μιμεῖσθαι τοῦτον τὸν τρόπον. Καὶ γὰρ ἐν ὀρχήσει, καὶ αὐλήσει, καὶ κιθαρίσει, ἔστι γενέσθαι ταύτας τὰς ἀνομοιότητας, καὶ περὶ τοὺς λόγους δὲ καὶ τὴν ψιλομετρίαν[5]· οἷον Ὅμηρος μὲν βελτίους, Κλεοφῶν δὲ ὁμοίους, Ἡγήμων δὲ ὁ Θάσιος ὁ τὰς παρῳδίας ποιήσας πρῶτος, καὶ Νικοχάρης ὁ τὴν Δηλιάδα, χείρους[6]. Ὁμοίως δὲ[7] καὶ περὶ τοὺς διθυράμβους καὶ περὶ τοὺς νόμους, ὡς Πέρσας καὶ Κύκλωπας Τιμόθεος καὶ Φιλόξενος, μιμήσαιτο ἄν τις. Ἐν αὐτῇ δὲ τῇ διαφορᾷ[8] καὶ ἡ τραγῳδία πρὸς τὴν κωμῳδίαν διέστηκεν· ἡ μὲν γὰρ χείρους ἡ δὲ βελτίους μιμεῖσθαι βούλεται τῶν νῦν.

3. Polygnote, Pauson et Denys étaient trois peintres du siècle de Périclès. Polygnote, de Thasos, s'était rendu célèbre par les admirables peintures dont il avait décoré les portiques d'Athènes. — On ne sait à peu près rien de Cléophon, sinon que son style manquait de noblesse, comme Aristote le dira plus loin (*Poét.*, XXII); Hégémon, de Thasos, inventa la parodie dramatique; sa pièce la plus célèbre était la *Gigantomachie*.

4. Ἑκάστη τῶν λεχθεισῶν μιμήσεων, chacune des imitations dont nous avons parlé, c'est-à-dire l'épopée, la tragédie, la comédie, etc. — Ἔσται ἑτέρα τῷ ἕτερα μιμήσασθαι τοῦτον τὸν τρόπον, elle sera différente en imitant ainsi des objets qui diffèrent entre eux.

5. Ψιλομέτρια, poésie non accompagnée de chant.

6. Χείρους, s.-e. ἐποίει ou ἐμιμεῖτο. — On ne sait si la *Déliade* de Nicocharès était un poëme sur les habitants de Délos (Δηλιάς), qui passaient pour des parasites, ou sur les Poltrons (Δειλιάς). Ce poëme était sans doute la parodie du sujet et du nom même de l'*Iliade*.

7. Ὁμοίως δὲ μιμήσαιτο ἄν τις περὶ τοὺς δ... On peut faire de semblables imitations dans les dithyrambes et les nomes, comme l'ont fait voir Timothée et Philoxène, le premier représentant les Perses, et le second les Cyclopes. Il reste quelques quelques fragments de ces deux poëtes.

8. Ἐν αὐτῇ δὲ τῇ διαφορᾷ, *In ipsa hac differentia*. Or c'est dans cette différence même que la tragédie se sépare de la comédie. L'article τῇ a ici la valeur de ταύτῃ. C'est comme s'il y avait : ἐν αὐτῇ δὲ ταύτῃ τῇ διαφορᾷ.

CHAPITRE III.

Différentes espèces de poésie selon la manière d'imiter.

Ἔτι δὲ τούτων τρίτη διαφορὰ τὸ ὡς ἕκαστα τούτων μιμήσαιτο ἄν τις. Καὶ γὰρ[1] ἐν τοῖς αὐτοῖς[2] καὶ τὰ αὐτὰ μιμεῖσθαι ἔστιν ὁτὲ μὲν[3] ἀπαγγέλλοντα (ἢ ἕτερόν τι γιγνόμενον[4], ὥσπερ Ὅμηρος ποιεῖ, ἢ ὡς τὸν αὐτὸν καὶ μὴ μεταβάλλοντα), ἢ πάντας ὡς πράττοντας καὶ ἐνεργοῦντας τοὺς μιμουμένους.

III. — 1. Καὶ γάρ. Phrase elliptique et obscure. Nous tâcherons de l'éclaircir en suppléant ce qui manque. Καὶ γὰρ ἐν τοῖς αὐτοῖς ἔστι μιμεῖσθαι καὶ τὰ αὐτά, ὁτὲ μὲν ἀπαγγέλλοντα (ἢ ἕτερόν τι γιγνόμενον, ὥσπερ Ὅμηρος ποιεῖ, ἢ ὡς τὸν αὐτὸν καὶ μὴ μεταβάλλοντα), ὁτὲ δέ ἐστι πάντας τοὺς μιμουμένους μιμεῖσθαι ὡς πράττοντας καὶ ἐνεργοῦντας. *Etenim, in eisdem mediis, et eadem licet imitari vel narrando (sive poëta fiat alius, ut Homerus facit, sive maneat idem ipse nec mutetur), vel licet ut omnes personæ imitantes imitentur, quasi agant et operentur.*

2. Ἐν τοῖς αὐτοῖς veut dire « par les mêmes moyens », par exemple au moyen d'un discours en vers, sans danse ni musique.

3. Ὁτὲ μὲν devrait être suivi de ὁτὲ δέ, tantôt, tantôt, ou soit, soit. Le second ὁτὲ est remplacé par l'ἢ qui vient après la parenthèse.

4. Ἢ ἕτερόν τι γιγνόμενον. On raconte en revêtant un certain personnage et en le faisant parler, comme fait souvent Homère ; ou en demeurant toujours le même, en parlant toujours soi-même et en son propre nom, comme font habituellement les historiens. — Cette parenthèse (ἢ ἕτερον... μεταβάλλοντα) est l'explication de ἀπαγγέλλοντα. On raconte en faisant faire le récit par un certain personnage, ou en le faisant soi-même. Ainsi au premier livre de l'*Enéide*, Virgile raconte lui-même le naufrage d'Enée; au second livre, il fait au contraire raconter la prise de Troie par Enée. — Ἀπαγγέλλοντα est à l'accusatif, comme se rapportant à τινά, sujet de μιμεῖσθαι. C'est comme s'il y avait : ἔστι τινὰ μιμεῖσθαι ἀπαγγέλλοντα. De même πάντας τοὺς μιμουμένους est sujet de μιμεῖσθαι, et ὡς πράττοντας s'y rapporte comme attribut. Voici donc le sens : Il est permis que toutes les personnes qui imitent imitent comme si elles faisaient quelque chose sous les yeux du spectateur, *quasi agerent*. C'est ce qui a lieu dans le drame.

Ἐν τρισὶ δὴ ταύταις διαφοραῖς ἡ μίμησίς ἐστιν, ὡς εἴπομεν κατ' ἀρχάς, ἐν οἷς τε, καὶ ἃ, καὶ ὥς. Ὥστε τῇ μὲν ὁ αὐτὸς ἂν εἴη μιμητὴς Ὁμήρῳ Σοφοκλῆς, μιμοῦνται γὰρ ἄμφω σπουδαίους· τῇ δὲ Ἀριστοφάνει, πράττοντας γὰρ μιμοῦνται καὶ δρῶντας ἄμφω. Ὅθεν καὶ δράματα καλεῖσθαί τινες αὐτά φασιν, ὅτι μιμοῦνται δρῶντας. Διὸ καὶ ἀντιποιοῦνται τῆς τε τραγῳδίας καὶ τῆς κωμῳδίας οἱ Δωριεῖς[5]· τῆς μὲν γὰρ κωμῳδίας οἱ Μεγαρεῖς, (οἵ τε ἐνταῦθα, ὡς ἐπὶ τῆς παρ' αὐτοῖς δημοκρατίας γενομένης· καὶ οἱ ἐκ Σικελίας, ἐκεῖθεν γὰρ ἦν Ἐπίχαρμος ὁ ποιητής, πολλῷ πρότερος ὢν Χιωνίδου καὶ Μάγνητος·) καὶ τῆς τραγῳδίας ἔνιοι τῶν ἐν Πελοποννήσῳ[6], ποιούμενοι τὰ ὀνόματα σημεῖον· οὗτοι μὲν γὰρ κώμας τὰς περιοικίδας[7] καλεῖν φασίν, Ἀθηναῖοι δὲ δήμους, ὡς κωμῳδοὺς[8] οὐκ ἀπὸ τοῦ κωμάζειν λεχθέντας[9], ἀλλὰ τῇ κατὰ κώμας πλάνῃ[10] ἀτιμαζομένους ἐκ

5. Οἱ Δωριεῖς. Les Doriens revendiquent la tragédie et la comédie. Voici leurs raisons : D'abord les Mégariens, qui sont Doriens d'origine, réclament la comédie ; car les Mégariens de Grèce, voisins d'Athènes (οἵ τε ἐνταῦθα) prétendent qu'elle est née chez eux à cause de leur état démocratique; et les Doriens de Sicile se l'attribuent aussi, parce que le poëte Epicharme, Sicilien, était de beaucoup antérieur à Chionide et à Magnès, l'un d'Athènes, l'autre de Smyrne.

6. Ἔνιοι τῶν ἐν Πελοποννήσῳ, quelques-uns des Doriens fixés dans le Peloponnèse revendiquent la tragédie.

7. Τὰς περιοικίδας. Ce mot désigne les bourgades voisines d'une ville principale.

8. Ὡς κωμῳδούς. Ils prétendent que le mot κωμῳδός ne vient pas de κωμάζειν, faire une partie de table accompagnée de chants et de danses, une orgie.

9. Ὡς λεχθέντας. Le participe mis à l'accusatif absolu avec ὡς, renferme l'idée de « vu que, attendu que. » (Synt., 151.)

10. Ἀλλὰ τῇ κατὰ κώμας πλάνῃ, mais parce qu'ils erraient par les bourgs, étant honteusement rejetés de la ville. Pour comprendre ce raisonnement, il faut savoir qu'anciennement la tragédie elle-même portait le nom de comédie.

τοῦ ἄστεως· καὶ τὸ ποιεῖν[11] αὐτοὶ μὲν δρᾶν, Ἀθηναίους δὲ πράττειν προσαγορεύειν[12].

Περὶ μὲν οὖν τῶν διαφορῶν, καὶ πόσαι καὶ τίνες τῆς μιμήσεως, εἰρήσθω ταῦτα.

CHAPITRE IV.

I. Origine de la poésie.

Ἐοίκασι δὲ γεννῆσαι μὲν ὅλως τὴν ποιητικὴν αἰτίαι δύο τινές, καὶ αὗται φυσικαί[1]. Τό τε γὰρ μιμεῖσθαι σύμφυτον τοῖς ἀνθρώποις ἐκ παίδων ἐστί (καὶ τούτῳ διαφέρουσι τῶν ἄλλων ζῴων, ὅτι μιμητικώτατόν ἐστι, καὶ τὰς μαθήσεις ποιεῖται διὰ μιμήσεως τὰς πρώτας), καὶ τὸ χαίρειν τοῖς μιμήμασι πάντας. Σημεῖον δὲ[2] τούτου τὸ συμβαῖνον ἐπὶ τῶν ἔργων· ἃ γὰρ αὐτὰ λυπηρῶς ὁρῶμεν, τούτων τὰς εἰκόνας τὰς μάλιστα ἠκριβωμένας χαίρομεν

11. Καὶ τὸ ποιεῖν. Et ils ajoutent, comme une nouvelle preuve, qu'eux-mêmes, Doriens, disent δρᾶν au lieu de ποιεῖν, tandis les Athéniens disent πράττειν. Ce ne sont donc pas les Athéniens qui ont fait le mot drame.

12. Plusieurs regardaient Susarion de Mégare, comme l'inventeur de la comédie, vers l'an 560 avant Jésus-Christ. D'autres en font l'honneur à Thespis d'Icarie, en Attique, lequel vivait vers 536. *Dicitur et plaustris vexisse poemata Thespis Qui canerent agerentque peruncti faecibus ora.* (Hor., *A. P.*, 257.) « Thespis fut le premier qui, barbouillé de lie, Promena par les *bourgs* cette heureuse folie. » (Boileau, *Art Poétique*, III.)

IV. — 1. Φυσικαί. Ces deux causes sont prises dans la nature. La première est que tous les hommes sont portés à l'imitation; la seconde cause, c'est qu'une chose imitée plaît à tout le monde. La phrase καὶ τούτῳ — πρώτας est une parenthèse qui montre que l'homme est naturellement imitateur. — Μιμητικώτατον est au neutre, parce qu'il se rapporte à ζῶον sous-entendu. C'est comme s'il y avait : τῶν ἄλλων ζώων ἐστὶ μιμητικώτατον ζῶον.

2. Σημεῖον δέ. Il va prouver, en citant des œuvres d'art (ἐπὶ τῶν ἔργων), que nous aimons naturellement les imitations.

θεωροῦντες, οἷον θηρίων τε μορφὰς[3] τῶν ἀτιμοτάτων, καὶ νεκρῶν. Αἴτιον δὲ καὶ τούτου, ὅτι μανθάνειν οὐ μόνον τοῖς φιλοσόφοις ἥδιστον, ἀλλὰ καὶ τοῖς ἄλλοις ὁμοίως· ἀλλ' ἐπὶ βραχὺ κοινωνοῦσιν αὐτοῦ[4]. Διὰ γὰρ τοῦτο χαίρουσι τὰς εἰκόνας ὁρῶντες, ὅτι συμβαίνει θεωροῦντας μανθάνειν[5] καὶ συλλογίζεσθαι τί ἕκαστον[6], οἷον ὅτι οὗτος ἐκεῖνος· ἐπεὶ ἐὰν μὴ τύχῃ προεωρακώς, οὐ διὰ μίμημα ποιήσει[7] τὴν ἡδονήν, ἀλλὰ διὰ τὴν ἀπεργασίαν[8], ἢ τὴν χροιάν, ἢ διὰ τοιαύτην τινὰ ἄλλην αἰτίαν. Κατὰ φύσιν δὲ ὄντος ἡμῖν τοῦ μιμεῖσθαι, καὶ τῆς ἁρμονίας, καὶ τοῦ ῥυθμοῦ[9] (τὰ γὰρ μέτρα ὅτι μόρια τῶν ῥυθμῶν ἐστι φανερόν), ἐξ ἀρχῆς οἱ πεφυκότες πρὸς αὐτὰ

3. Θηρίων τε μορφάς. Boileau reproduit ainsi cette pensée : « Il n'est point de serpent ni de monstre odieux, Qui, par l'art imité, ne puisse plaire aux yeux. D'un pinceau délicat l'artifice agréable, Du plus affreux objet fait un objet aimable. » (*A. P.*, III.)

4. Le sujet de κοινωνοῦσιν est οἱ ἄλλοι ἄνθρωποι. Les autres hommes ne jouissent qu'à un faible degré du plaisir d'apprendre.

5. Συμβαίνει. Il arrive qu'en contemplant une image, ils apprennent et ils devinent ce qu'est chaque chose qu'ils voient représentée; par exemple, ils reconnaissent que celui-ci, qui est peint sous leurs yeux, est celui-là qu'ils connaissent.

6. Συλλογίζεσθαι suppose la réflexion, le raisonnement. En effet l'image d'un homme, quelque parfaite qu'elle soit, se distingue toujours de cet homme. C'est une toile muette, une pierre immobile, une chose sans vie; mais le spectateur juge que l'artiste a voulu représenter tel personnage, et qu'il a réussi à en produire la ressemblance.

7. Le sujet de ποιήσει est « la chose, ou ce que l'on voit ». Le mot ἕκαστον, qui précède, suffit pour indiquer le sujet.

8. Ἀπεργασίαν, le talent de l'exécution; χροιάν, la beauté des couleurs.

9. Τοῦ μιμεῖσθαι, τῆς ἁρμονίας et τοῦ ῥυθμοῦ sont trois sujets de ὄντος. L'imitation, l'harmonie et le rhythme sont trois choses que l'homme aime naturellement. Or, ces trois choses sont les éléments de la poésie. Cela est clair pour l'imitation et pour l'harmonie; et quant au rhythme, le mètre employé par la poésie n'est qu'une parole rhythmée.

μάλιστα[10], κατὰ μικρὸν προάγοντες, ἐγέννησαν τὴν ποίησιν ἐκ τῶν αὐτοσχεδιασμάτων[11].

II. Partage primitif de la poésie en genre héroïque et genre satirique. Naissance de la tragédie et de la comédie.

Διεσπάσθη δὲ κατὰ τὰ οἰκεῖα ἤθη[12] ἡ ποίησις· οἱ μὲν γὰρ σεμνότεροι τὰς καλὰς ἐμιμοῦντο πράξεις καὶ τὰς τῶν τοιούτων, οἱ δὲ εὐτελέστεροι τὰς τῶν φαύλων, πρῶτον ψόγους ποιοῦντες[13], ὥσπερ ἕτεροι ὕμνους καὶ ἐγκώμια. Τῶν μὲν οὖν[14] πρὸ Ὁμήρου οὐδενὸς ἔχομεν εἰπεῖν τοιοῦτον ποίημα, εἰκὸς δὲ εἶναι πολλούς· ἀπὸ δὲ Ὁμή-

10. Ἐξ ἀρχῆς οἱ πεφυκότες μάλιστα πρὸς αὐτά. Dans le principe, ceux qui étaient le plus heureusement nés pour ces choses, les faisant avancer, les perfectionnant peu à peu, engendrèrent la poésie.

11. Αὐτοσχεδίασμα signifie habituellement un objet improvisé, fait à la hâte. Ici ce mot veut dire « un essai, » au lieu que ἀπεργασία signifie une œuvre faite par un artiste exercé et qui travaille d'après des règles.

12. Τὰ οἰκεῖα ἤθη, s.-ent. τῶν ποιητῶν.

13. Ψόγους ποιοῦντες, composant des blâmes, des satires. — Ὕμνους, les hymnes étaient consacrées à la divinité. Ἐγκώμια, les éloges avaient pour objet les hommes vertueux et les héros. — Cette histoire de l'origine de la poésie repose plutôt sur des conjectures que sur des documents , puisqu'Aristote avoue qu'il ne connaît aucun poëme antérieur à ceux d'Homère. La plus ancienne pièce de poésie qui nous soit parvenue est le célèbre *Cantique* que Moïse fit chanter aux Hébreux après le passage de la mer Rouge. Toutefois Moïse transcrit dans la Genèse trois vers hébreux, composés avant le déluge, dans lesquels Lamek raconte à ses deux femmes qu'il avait tué un jeune homme. Cela nous fait comprendre que les hommes mirent de bonne heure en vers les événements importants dont ils voulaient conserver le souvenir. Ces trois vers antédiluviens sont trois hexamètres, divisés chacun en deux hémistiches.

14. Μὲν οὖν. Cependant nous ne pouvons citer un tel poëme d'aucun poëte.— Ἔχω avec l'infinitif signifie « pouvoir ». Nous disons nous-mêmes en français : Nous n'avons aucun poëme à citer. — Εἰκὸς, s.-ent. ἐστί. — Πολλοὺς, s.-e. τοιούτων ποιητάς.

ρου[15] ἀρξαμένοις ἔστιν, οἷον ἐκείνου ὁ Μαργίτης[16], καὶ τὰ τοιαῦτα· ἐν οἷς[17] καὶ τὸ ἁρμόττον ἰαμβεῖον ἦλθε μέτρον· διὸ καὶ ἰαμβεῖον καλεῖται νῦν[18], ὅτι ἐν τῷ μέτρῳ τούτῳ ἰάμβιζον ἀλλήλους. Καὶ ἐγένοντο τῶν παλαιῶν οἱ μὲν ἡρωϊκῶν οἱ δὲ ἰάμβων ποιηταί. Ὥσπερ δὲ καὶ τὰ σπουδαῖα μάλιστα ποιητὴς[19] Ὅμηρος ἦν (μόνος γὰρ οὐχ ὅτι[20] εὖ, ἀλλ' ὅτι καὶ μιμήσεις δραματικὰς ἐποίησεν), οὕτω καὶ τὰ τῆς κωμῳδίας σχήματα πρῶτος ὑπέδειξεν, οὐ ψόγον ἀλλὰ τὸ γελοῖον δραματοποιήσας· ὁ γὰρ Μαργίτης ἀνάλογον ἔχει[21], ὥσπερ Ἰλιὰς καὶ Ὀδύσσεια πρὸς

15. Ἀπὸ δὲ Ὁμήρου ἀρξαμένοις. Mais à ceux qui commencent (en commençant) par Homère, il est possible de citer de tels poëmes. Ἔστι μοι ἀρχομένῳ a le même sens que εἰ ἄρχομαι (Synt., 153). — Οἷον, *quale*, tel que, ou par exemple.

16. Μαργίτης. Le Margitès était le nom du principal personnage d'un poëme satirique, que les uns attribuaient à Homère, les autres à Pigrès d'Halicarnasse, frère de la reine Artémise. Il ne nous en est parvenu que quatre vers. Ce sont des hexamètres, dont voici le plus remarquable : Πολλ' ἠπίστατο ἔργα· κακῶς δ' ἠπίστατο πάντα. S. Basile, qui cite ce poëme dans son Discours aux jeunes gens, doute qu'il soit d'Homère : εἰ δὴ Ὁμήρου ταῦτα.

17. Ἐν οἷς, dans lesquels le mètre iambique vint s'adapter. Ἐν οἷς se joint à ἁρμόττον par la pensée, plutôt qu'à ἦλθε. C'est comme s'il y avait : ἐν οἷς ἥρμοττεν ἐλθών.

18. Διὸ καὶ ἰαμβεῖον καλεῖται νῦν. C'est pourquoi ce genre de poëme se nomme aujourd'hui iambique, parce que c'est dans le mètre iambique que les poëtes s'injuriaient mutuellement. Ἰαμβίζω, faire des iambes satiriques.

19. Ποιητὴς τὰ σπουδαῖα, poëte de choses sérieuses. L'accusatif σπουδαῖα est régi par l'idée de « faire » contenue dans ποιητής, synonyme du participe ποιῶν. On dit de même τὰ μετέωρα φροντιστής, au lieu de φροντίζων (Synt., 48).

20. Οὐχ ὅτι. Non-seulement il a seul bien fait des poëmes sérieux, mais encore il a fait des imitations dramatiques. Tel chant de l'*Iliade* approche en effet de la tragédie. Οὐχ ὅτι. Cet hellénisme s'explique ainsi : Οὐ λέγω ὅτι, ἀλλὰ λέγω ὅτι.

21. Ὁ γὰρ Μαργίτης ἀνάλογον ἔχει πρὸς τὰς κωμῳδίας. Telle était la première phrase que l'auteur voulait écrire. Mais après ἔχει, il s'interrompt, pour dire qu'entre les épopées d'Homère et la tragédie, il y a le même rapport qu'entre le Margitès et la comédie. Le pronom οὗτος représente Μαργίτης, sujet resté sans verbe. On nomme cette syntaxe anacoluthe (Synt., 263).

τὰς τραγῳδίας, οὕτω καὶ οὗτος πρὸς τὰς κωμῳδίας. Παραφανείσης δὲ τῆς τραγῳδίας καὶ κωμῳδίας, οἱ ἐφ' ἑκατέραν τὴν ποίησιν ὁρμῶντες κατὰ τὴν οἰκείαν φύσιν, οἱ μὲν ἀντὶ τῶν ἰάμβων κωμῳδοποιοὶ ἐγένοντο[22], οἱ δὲ ἀντὶ τῶν ἐπῶν τραγῳδοδιδάσκαλοι, διὰ τὸ μείζω καὶ ἐντιμότερα τὰ σχήματα εἶναι ταῦτα ἐκείνων.

Τὸ μὲν οὖν ἐπισκοπεῖν[23] εἰ ἄρ' ἔχει ἤδη ἡ τραγῳδία τοῖς εἴδεσιν ἱκανῶς ἢ οὔ, αὐτό τε καθ' αὑτὸ κρῖναι, ἢ καὶ πρὸς τὰ θέατρα, ἄλλος λόγος.

III. Progrès de la tragédie.

Γενομένης οὖν ἀπ' ἀρχῆς αὐτοσχεδιαστικῆς[24], καὶ αὐτὴ

22. Κωμῳδοποιοὶ ἀντὶ τῶν ἰάμβων ἐγένοντο. Ils devinrent faiseurs de comédies, au lieu de faiseurs d'iambes. C'est comme s'il y avait κωμῳδιῶν ποιηταὶ ἀντὶ τῶν ἰάμβων. On donne à τραγῳδοδιδάσκαλος la signification de τραγῳδοποιὸς, parce que le poëte apprenait à l'acteur comment il fallait jouer sa tragédie. Horace a dit dans le même sens : *Qui docuere togatas*. (*A. P.*, 288).

23. Τὸ μὲν οὖν. Ce passage a beaucoup tourmenté les interprètes. Le texte est certainement altéré dans les manuscrits, et le rétablir n'est pas chose facile. Néanmoins celui que nous donnons semble assez intelligible. « Toutefois considérer si la tragédie se trouve avoir suffisamment toutes ses formes, ou non, et juger cette question en elle-même et aussi par rapport aux spectateurs, c'est un autre discours. Nous conservons κρῖναι donné par les mss., au lieu de κρίνεται ou κρινόμενον, qu'on lit dans quelques éditions. — Ἱκανῶς ἔχει. Avec un adverbe, ἔχω signifie « être dans un tel ou tel état » (Synt., 316). — Τὰ θέατρα est mis pour τοὺς θεατάς.

24. Γενομένης οὖν τῆς τραγῳδίας ἀπ' ἀρχῆς αὐτοσχεδιαστικῆς, αὐτὴ ἡ τραγῳδία κατὰ μικρὸν ηὐξήθη. Comme on le voit, le participe est mis au génitif absolu, quoiqu'il se rapporte au sujet du verbe. — Ἀπ' ἀρχῆς αὐτοσχεδιαστικῆς. La tragédie et la comédie étant nées d'un commencement improvisé, c'est-à-dire ayant commencé par des essais, grandirent et se perfectionnèrent peu à peu. Le verbe ηὐξήθη est au singulier, parce que la tragédie est l'idée principale, et la comédie s'y joint seulement comme accessoire. — Καὶ αὐτή, s.-ent. ἡ τραγῳδία. — Ἐξάρχειν ᾠδήν, entonner un chant. — Διθύραμβος, chant lyrique, plein d'enthousiasme, composé en vers libres. — Τὰ φαλλικά, chants obscènes. — Νομιζόμενα, usités.

καὶ ἡ κωμῳδία, καὶ ἡ μὲν ἀπὸ τῶν ἐξαρχόντων τὸν διθύραμβον, ἡ δὲ ἀπὸ τῶν τὰ φαλλικά, (ἃ ἔτι καὶ νῦν ἐν πολλαῖς τῶν πόλεων διαμένει νομιζόμενα), κατὰ μικρὸν ηὐξήθη, προαγόντων[25] ὅσον ἐγίγνετο φανερὸν αὐτῆς, καὶ πολλὰς μεταβολὰς μεταβαλοῦσα ἡ τραγῳδία ἐπαύσατο[26], ἐπεὶ ἔσχε τὴν αὑτῆς φύσιν. Καὶ τό τε τῶν ὑποκριτῶν πλῆθος ἐξ ἑνὸς εἰς δύο πρῶτος Αἰσχύλος ἤγαγε[27], καὶ τὰ τοῦ χοροῦ ἠλάττωσε, καὶ τὸν λόγον πρωταγωνιστὴν παρεσκεύασεν[28]· τρεῖς δὲ καὶ σκηνογραφίαν Σοφοκλῆς[29]. Ἔτι δὲ τὸ μέγεθος[30] ἐκ μικρῶν μύθων καὶ λέξεως γελοίας,

25. Avec προαγόντων sous-entendez τῶν ποιητῶν : les poëtes développant et perfectionnant peu à peu tout ce qui en elle était évident, c'est-à-dire tout ce qui est une partie essentielle de ce poëme, comme l'unité de l'action, l'exposition, le nœud, le dénouement, la noblesse du style.

26. Ἐπαύσατο μεταβαλοῦσα πολλὰς μεταβολάς, la tragédie cessa d'éprouver de nombreux changements. Παύω et παύομαι se construisent avec le participe (Synt., 215).

27. Πρῶτος Αἰσχύλος. A l'origine, le chœur figurait seul dans les chants Dionysiaques. Thespis introduisit sur la scène un personnage qui vint faire un récit. Eschyle ajouta un second *acteur*. Alors le dialogue fut inventé, et le dialogue devint la tragédie.

28. Καὶ τὸν λόγον πρωταγωνιστὴν παρεσκεύασε, mot à mot, et il prépara le discours pour être acteur principal ; c'est-à-dire qu'Eschyle fit passer au premier rang le dialogue, qui n'avait eu jusque là que le second rôle dans le drame, dont la plus grande partie était encore remplie par le chœur. — Quelques-uns traduisent : Il arrangea l'action dramatique, de manière qu'il y eût un personnage principal auquel tout le reste vînt se rapporter. Nous préférons le premier sens. — Remarquez l'influence de l'article dans cette phrase. C'est comme s'il y avait παρεσκεύασε τὸν λόγον, ὥστε αὐτὸν εἶναι πρωταγωνιστήν.

29. Τρεῖς δέ. Sophocle fit paraître à la fois trois acteurs sur la scène. Horace n'en veut pas davantage : *Nec quarta loqui persona laboret* (*A. P.*, 192). — Σκηνογραφίαν. Sophocle, au moyen de peintures et de décorations, représenta le lieu où se passait l'événement tragique, et perfectionna ainsi l'illusion théâtrale.

30. Ἔτι δέ. En outre, la tragédie ne s'anoblit que tard. Car sa grandeur succéda à des fables petites, et son élocution grave à un discours plaisant, parce qu'elle sortait du genre satirique.

διὰ τὸ ἐκ σατυρικοῦ μεταβαλεῖν, ὀψὲ ἀπεσεμνύνθη. Τό τε μέτρον[31] ἐκ τετραμέτρου ἰαμβεῖον ἐγένετο· τὸ μὲν γὰρ πρῶτον τετραμέτρῳ ἐχρῶντο διὰ τὸ σατυρικὴν καὶ ὀρχηστικωτέραν εἶναι τὴν ποίησιν. Λέξεως δὲ γενομένης[32], αὐτὴ ἡ φύσις τὸ οἰκεῖον μέτρον εὗρε· μάλιστα γὰρ λεκτικὸν τῶν μέτρων τὸ ἰαμβεῖόν ἐστιν[33]· σημεῖον δὲ τούτου· πλεῖστα γὰρ ἰαμβεῖα λέγομεν ἐν τῇ διαλέκτῳ τῇ πρὸς ἀλλήλους, ἑξάμετρα δὲ ὀλιγάκις καὶ ἐκβαίνοντες τῆς λεκτικῆς ἁρμονίας. Ἔτι δὲ ἐπεισοδίων πλήθη καὶ τὰ ἄλλα ὡς ἕκαστα κοσμηθῆναι λέγεται[34]. Περὶ μὲν οὖν τούτων τοσαῦτα[35] ἔστω ἡμῖν εἰρημένα· πολὺ γὰρ ἂν ἴσως ἔργον εἴη διεξιέναι καθ' ἕκαστον.

31. Τό τε μέτρον. Et le mètre devint iambique, de tétramètre qu'il était. Par mètre iambique l'auteur entend le vers iambique trimètre ou de six pieds, et par tétramètre il désigne le trochaïque tétramètre que les poëtes employèrent d'abord, parce que ce vers était plus propre au jeu et à la danse des satyres qu'ils mettaient en scène.

32. Λέξεως δὲ γενομένης. Au lieu de chanter et de danser, on parla; et la nature trouva elle-même le mètre iambique, qui est le plus propre à la parole. Car pour parler, c'est de tous les mètres celui qui convient le mieux. La preuve, c'est que dans la conversation, nous improvisons souvent des mètres iambiques. Par ἰαμβεῖα, l'auteur n'entend pas des vers iambiques de six pieds complets et réguliers, car ils sont fort rares dans la conversation et dans les prosateurs; mais il désigne des hémistiches ou des finales de vers iambiques; ce qui est assez fréquent.

33. Μάλιστα γὰρ λεκτικόν. *Hunc socci cepere pedem grandesque cothurni, Alternis aptum sermonibus, et populares Vincentem strepitus, et natum rebus agendis* (Hor., *A. P.*, 80). — Πλεῖστα γάρ. Ici γὰρ signifie « c'est que. » (Synt., 203.)

34. Ἔτι δέ. En outre, on raconte comment furent introduits les nombreux épisodes qui ornèrent le drame, et comment on perfectionna chaque partie prise à part. Ὡς ἕκαστα est la même chose que ἕκαστα. — Par épisodes on n'entend point ici des faits qui ne tiennent pas au fond du sujet, mais les divers incidents dont se compose la fable du drame.

35. Τοσαῦτα, *hæc tantum*. Τοσοῦτος, comme ὅσος et αὐτὸς, peut avoir le sens restrictif. (Synt. 297.)

CHAPITRE V.

Définition de la comédie; ses premiers essais. Comparaison de la tragédie et de l'épopée.

Ἡ δὲ κωμῳδία ἐστίν, ὥσπερ εἴπομεν, μίμησις φαυλοτέρων μέν, οὐ μέντοι κατὰ πᾶσαν κακίαν, ἀλλὰ τοῦ αἰσχροῦ, οὗ ἐστι τὸ γελοῖον μόριον[1]. Τὸ γὰρ γελοῖόν ἐστιν ἁμάρτημά τι[2] καὶ αἶσχος ἀνώδυνον καὶ οὐ φθαρτικόν· οἷον εὐθὺς τὸ γελοῖον πρόσωπον αἰσχρόν τι καὶ διεστραμμένον ἄνευ ὀδύνης. Αἱ μὲν οὖν τῆς τραγῳδίας μεταβάσεις[3], καὶ δι' ὧν ἐγένοντο, οὐ λελήθασιν· ἡ δὲ κωμῳδία, διὰ τὸ μὴ σπουδάζεσθαι ἐξ ἀρχῆς, ἔλαθεν[4]·

V. — 1. Ἀλλὰ τοῦ αἰσχροῦ, [οὗ] ἐστὶ τὸ γελοῖον μόριον. La comédie est l'imitation du mauvais, non du mauvais pris dans toute son étendue; mais c'est l'imitation du honteux, dont le ridicule est une partie. Οὗ ne se trouve pas dans les manuscrits, c'est une correction des éditeurs modernes. On pourrait s'en passer. Car cette phrase ἀλλὰ τοῦ αἰσχροῦ ἔστι τὸ γελοῖον μόριον, est bien dans le genre d'Aristote. « Mais le ridicule (qui est l'objet de la comédie) est une partie du honteux. » L. pensée est aussi juste et la phi , e débarrassée d'un hiatus désagréable.

2. Ἁμάρτημα est un défaut ou un excès, quelque chose qui manque de rectitude, de proportion, de convenance. Au physique, le ridicule est une laideur qui ne fait point souffrir et qui n'altère en rien la force ou la santé du corps. Tel serait un visage peu gracieux. Οἷον εὐθὺς τὸ γελοῖον [εἴη ἂν] πρόσωπον αἰσχρόν τι. Par exemple · tout de suite, sans chercher plus loin (εὐθὺς), le ridicule pourrait être un visage d'une certaine laideur.

3. Αἱ μεταβάσεις. On n'ignore pas les changements, les transformations de la tragédie. Δι' ὧν ἐγένοντο, on connaît les poëtes qui en furent les auteurs.

4. Διὰ τὸ μὴ σπουδάζεσθαι ἐξ ἀρχῆς. Il en est autrement de la comédie, parce qu'on y fit peu d'attention à l'origine.

καὶ γὰρ χορὸν κωμῳδῶν ὀψέ ποτε ὁ ἄρχων[5] ἔδωκεν, ἀλλ' ἐθελονταὶ ἦσαν. Ἤδη δὲ σχήματά τινα αὐτῆς ἐχούσης οἱ λεγόμενοι αὐτῆς[6] ποιηταὶ μνημονεύονται. Τίς δὲ πρόσωπα ἀπέδωκεν, ἢ προλόγους, ἢ πλήθη ὑποκριτῶν, καὶ ὅσα τοιαῦτα, ἠγνόηται· τὸ δὲ μύθους ποιεῖν Ἐπίχαρμος[7] καὶ Φόρμις. Τὸ μὲν οὖν ἐξ ἀρχῆς ἐκ Σικελίας ἦλθεν· τῶν δὲ Ἀθήνησιν Κράτης[8] πρῶτος ἦρξεν, ἀφέμενος τῆς ἰαμβικῆς ἰδέας, καθόλου ποιεῖν λόγους καὶ μύθους.

Ἡ μὲν οὖν ἐποποιία τῇ τραγῳδίᾳ, μέχρι μόνου μέτρου[9] καὶ λόγου, μίμησις εἶναι σπουδαίων ἠκολούθησεν· τῷ

5. Ὁ ἄρχων. Il y avait à Athènes un magistrat qui réglait tout ce qui avait rapport aux spectacles. — Ἐθελονταὶ ἦσαν. Les premiers comédiens n'étaient point des troupes autorisées par le magistrat, mais des individus qui entreprenaient eux-mêmes de donner des scènes amusantes.

6. Οἱ λεγόμενοι αὐτῆς ποιηταὶ μνημονεύονται. On cite les noms des poëtes qu'on appelle poëtes de la comédie, lorsqu'elle eût pris une certaine forme.

7. Ἐπίχαρμος. Epicharme de Sicile vivait vers le milieu du vᵉ siècle avant Jésus-Christ. Il paraît qu'avant lui, la comédie se réduisait à des scènes détachées. Il fut le premier qui composa une action dramatique dont toutes les parties fuient liées, comme dans la tragédie. De l'Arcadien Phormis on sait peu de chose, sinon qu'il contribua, comme Epicharme, à donner une forme régulière à la comédie.

8. Τῶν δὲ Ἀθήνησιν. Parmi ceux d'Athènes, Cratès est le premier qui, renonçant au genre des poëtes satiriques, composa des pièces où il attaquait, non plus les personnes, mais les vices en général, καθόλου. C'était vers l'an 450 avant Jésus-Christ. — Ἰαμβικὴ ἰδέα. Les poëtes satiriques faiseurs d'iambes mordants, censuraient et nommaient les personnes.

9. Μέχρι μόνου μέτρου καὶ λόγου. L'épopée accompagna la tragédie jusqu'au mètre et au discours, pour imiter les choses sérieuses et nobles. C'est-à-dire que l'épopée employa le discours, le récit, et non l'action; elle employa aussi le vers et non le chant, comme fait la tragédie dans ses chœurs. Μέχρι a le sens restrictif et non exclusif. (Synt., 297.) L'épopée ne prit que le discours mesuré

δὲ τὸ μέτρον ἁπλοῦν ἔχειν[10] καὶ ἀπαγγελίαν εἶναι, ταύτῃ διαφέρουσιν. Ἔτι δὲ τῷ μήκει· ἡ μὲν γὰρ ὅτι μάλιστα πειρᾶται[11] ὑπὸ μίαν περίοδον ἡλίου εἶναι ἢ μικρὸν ἐξαλλάττειν, ἡ δὲ ἐποποιία, ἀόριστος τῷ χρόνῳ, καὶ τούτῳ διαφέρει. Καίτοι τὸ πρῶτον[12] ὁμοίως ἐν ταῖς τραγῳδίαις τοῦτο ἐποίουν καὶ ἐν τοῖς ἔπεσιν. Μέρη δ' ἐστὶ[13] τὰ μὲν ταὐτά, τὰ δὲ ἴδια τῆς τραγῳδίας. Διόπερ ὅστις περὶ τραγῳδίας οἶδε σπουδαίας καὶ φαύλης[14], οἶδε καὶ περὶ ἐπῶν· ἃ μὲν γὰρ ἐποποιία ἔχει, ὑπάρχει τῇ τραγῳδίᾳ· ἃ δὲ αὐτῇ[15], οὐ πάντα ἐν τῇ ἐποποιίᾳ.

10. Τῷ τὸ μέτρον ἁπλοῦν ἔχειν, elle diffère de la tragédie en ce qu'elle emploie un mètre simple, c'est-à-dire toujours le même, tandis que la tragédie admet dans ses chœurs des strophes composées de différentes espèces de vers. — Τῷ ἀπαγγελίαν εἶναι, elle en diffère encore surtout parce qu'elle est un récit. Διαφέρουσιν a pour sujet ἐποποιία et τραγῳδία.

11. Πειρᾶται ὑπὸ μίαν περίοδον ἡλίου εἶναι. Voilà l'unité de temps bien désignée dans Aristote : c'était une règle observée par les poëtes qui avaient perfectionné la tragédie. L'action devait se passer pendant une révolution du soleil, dans l'intervalle d'un jour et d'une nuit. Ce n'était pourtant pas une mesure rigoureuse. Aristote adoucit la loi par le mot πειρᾶται : la tragédie s'efforce de se renfermer dans ces limites, ou elle ne les dépasse guère, ἢ μικρὸν ἐξαλλάττειν. Ce dernier mot signifie changer de lieu, sortir d'un lieu. Boileau exprime admirablement la loi des trois unités : « Qu'en un lieu, qu'en un jour, un seul fait accompli, Tienne jusqu'à la fin le théâtre rempli. » Aujourd'hui l'on s'affranchit de cette règle ; soit, mais faisons des chefs-d'œuvre sans elle, et respectons ceux qu'elle nous a donnés.

12. Τὸ πρῶτον. Dans l'enfance de l'art, les événements de la tragédie se développaient dans un temps indéfini. — En revenant à cette liberté, souvenons-nous que le génie ne consiste pas à briser un joug, mais à faire de belles choses.

13. Μέρη. Quant aux parties, elles sont les mêmes dans les deux poëmes, sauf que la tragédie en a qui lui sont propres.

14. Ὅστις οἶδεν περὶ τραγῳδίας. Celui qui a des connaissances sur la tragédie, quiconque s'entend à discerner une bonne tragédie d'une mauvaise, sait aussi juger une épopée.

15. Ἃ δὲ αὐτῇ, mais tout ce qu'a la tragédie ne se trouve pas dans le poëme épique.

CHAPITRE VI.

1. Définition de la tragédie. Les six parties dont elle se compose.

Περὶ μὲν οὖν τῆς ἐν ἑξαμέτροις[1] μιμητικῆς καὶ περὶ κωμῳδίας ὕστερον ἐροῦμεν· περὶ δὲ τραγῳδίας λέγωμεν, ἀπολαβόντες[2] αὐτῆς ἐκ τῶν εἰρημένων τὸν γινόμενον ὅρον τῆς οὐσίας. Ἔστιν οὖν τραγῳδία μίμησις πράξεως σπουδαίας καὶ τελείας[3], μέγεθος ἐχούσης, ἡδυσμένῳ λόγῳ, χωρὶς ἑκάστου[4] τῶν εἰδῶν ἐν τοῖς μορίοις, δρώντων καὶ οὐ δι' ἀπαγγελίας, δι' ἐλέου καὶ φόβου περαίνουσα[5] τὴν τῶν τοιούτων παθημάτων κάθαρσιν. Λέγω δὲ ἡδυσμένον μὲν λόγον τὸν ἔχοντα ῥυθμὸν καὶ ἁρμονίαν καὶ μέλος· τὸ δὲ χωρὶς τοῖς εἴδεσι[6], τὸ διὰ μέτρων ἔνια μόνον περαίνεσθαι, καὶ πάλιν ἕτερα διὰ μέλους.

VI. — 1. Τῆς ἐν ἑξαμέτροις. Il désigne l'épopée. — Ὕστερον ἐροῦμεν. Aristote se propose un plan plus étendu que celui du livre qui nous reste. Ou il ne l'avait pas achevé, ou son ouvrage ne nous est pas parvenu en entier.

2. Ἀπολαβόντες. *Excipientes ejus essentiæ definitionem, quæ fit ex antea dictis.* La définition de la tragédie résulte de ce qui précède. — Remarquez le terme philosophique οὐσία, essence ou nature d'une chose.

3. Μίμησις πράξεως σπουδαίας καὶ τελείας. C'est une action sérieuse et complète qui est imitée sur la scène tragique.

4. Χωρὶς ἑκάστου τῶν εἰδῶν ἐν τοῖς μορίοις (ὄντος), chaque espèce d'ornement étant à part dans chaque partie du poëme. — Des éditions donnent ἑκάστῳ, qui est alors complément de ἡδυσμένῳ, et le sens revient au même. — Μίμησις δρώντων, οὐ δι' ἐπαγγελίας, c'est l'imitation d'une action d'hommes agissant et non racontant.

5. Περαίνουσα ἡδυσμένῳ λόγῳ, elle accomplit avec un discours rendu agréable. — Περαίνουσα κάθαρσιν, elle accomplit la purgation des passions, elle leur ôte ce qu'elles ont d'excessif et de douloureux, pour ne leur laisser que ce qu'elles ont d'agréable et d'honnête.

6. Λέγω δὲ τὸ χωρὶς τοῖς εἴδεσι, je dis « avec les genres d'ornements à part; » parce que certaines parties du poëme sont exécutées avec les mètres seulement, tandis que d'autres le sont avec la musique.

Ἐπεὶ δὲ πράττοντες ποιοῦνται τὴν μίμησιν, πρῶτον μὲν ἐξ ἀνάγκης ἂν εἴη τι μόριον τραγῳδίας ὁ τῆς ὄψεως κόσμος[7], εἶτα μελοποιία καὶ λέξις· ἐν τούτοις γὰρ ποιοῦνται τὴν μίμησιν. Λέγω δὲ λέξιν μὲν αὐτὴν τὴν τῶν μέτρων σύνθεσιν, μελοποιίαν[8] δὲ ὃ τὴν δύναμιν φανερὰν ἔχει πᾶσαν.

Ἐπεὶ δὲ πράξεώς ἐστι μίμησις, πράττεται δὲ ὑπό τινῶν πραττόντων, οὓς ἀνάγκη ποιούς τινας εἶναι[9] κατά τε τὸ ἦθος καὶ τὴν διάνοιαν (διὰ γὰρ τούτων καὶ τὰς πράξεις εἶναί φαμεν ποιάς τινας), πέφυκεν αἴτια δύο τῶν πράξεων εἶναι, διάνοια καὶ ἦθος· καὶ κατὰ ταῦτα[11] καὶ τυγχάνουσι καὶ ἀποτυγχάνουσι πάντες. Ἔστι δὲ τῆς μὲν πράξεως ὁ μῦθος ἡ μίμησις[12]· λέγω γὰρ μῦθον

7. Ὁ τῆς ὄψεως κόσμος, l'ornement de la vue, c'est-à-dire la beauté du spectacle, la décoration de la scène. Ὄψις, vue, se prend ici non pour la vision, mais pour l'objet que l'on regarde.

8. Μελοποιίαν δέ. Ce que j'appelle mélopée est parfaitement connu. Δύναμιν φανερὰν ἔχει πᾶσαν, cela présente une signification tout à fait claire. Quelques éditions donnent πᾶσιν, une signification connue de tout le monde. Mélopée, c'est le chant, la musique.

9. Ἀνάγκη ποιούς τινας εἶναι, il faut qu'ils soient tels ou tels, *aliquales*. Il faut bien que les personnages aient certains caractères et certaines pensées (car c'est par là que nous disons que les actions elles-mêmes sont qualifiées). Il s'ensuit qu'il y a naturellement deux choses qui sont les causes des actions humaines, savoir les pensées et les mœurs. Et c'est aussi par ces deux choses que tous réussissent ou échouent, par leurs mœurs ou leur caractère, et par leurs pensées, c'est-à-dire par l'intelligence et les conceptions de leur esprit.

10. Δύο πέφυκεν εἶναι αἴτια τῶν πράξεων. Deux choses sont naturellement causes ou principes des actions. Αἴτια nominatif pluriel neutre d'αἴτιος est ici l'attribut de δύο.

11. Καὶ κατὰ ταῦτα. De bonnes éditions portent καὶ κατὰ ταύτας. Alors ταύτας se rapporte au substantif αἰτίαι contenu dans l'adjectif αἴτιος. C'est une syllèpse dans le goût d'Aristote.

12. Ὁ μῦθός ἐστιν ἡ μίμησις τῆς πράξεως, la fable est l'imitation de l'action; ou l'imitation de l'action, c'est ce que j'appelle la fable. Car je donne ce nom de fable à l'arrangement des faits.

τοῦτον τὴν σύνθεσιν τῶν πραγμάτων· τὰ δὲ ἤθη[13], καθ' ἃ ποιούς τινας εἶναί φαμεν τοὺς πράττοντας· διάνοιαν δέ, ἐν ὅσοις λέγοντες ἀποδεικνύασί τι ἢ καὶ ἀποφαίνονται γνώμην.

Ἀνάγκη οὖν πάσης τραγῳδίας[15] μέρη εἶναι ἕξ, καθ' ἃ ποιά τις ἐστὶν ἡ τραγῳδία· ταῦτα δ' ἐστὶ μῦθος, καὶ ἤθη, καὶ λέξις, καὶ διάνοια, καὶ ὄψις, καὶ μελοποιία. Οἷς μὲν γὰρ μιμοῦνται[16], δύο μέρη ἐστίν· ὡς δὲ μιμοῦνται, ἕν· ἃ δὲ μιμοῦνται, τρία· καὶ παρὰ ταῦτα οὐδέν. Τούτοις μὲν οὖν οὐκ ὀλίγοι αὐτῶν[17], ὡς εἰπεῖν, κέχρηνται τοῖς εἴδεσιν· καὶ γὰρ ὄψεις ἔχει πᾶν καὶ ἦθος καὶ μῦθον καὶ λέξιν καὶ μέλος καὶ διάνοιαν ὡσαύτως.

II. Importance relative des parties de la tragédie.

Μέγιστον δὲ τούτων ἐστὶν ἡ τῶν πραγμάτων σύστασις[18]. ἡ γὰρ τραγῳδία μίμησίς ἐστιν οὐκ ἀνθρώπων[19], ἀλλὰ πράξεως, καὶ βίου, καὶ εὐδαιμονίας, καὶ κακοδαιμονίας·

13. Τὰ δὲ ἤθη ἐστι ταῦτα καθ' ἅ... Et les mœurs sont ce par quoi nous disons que les acteurs sont tels ou tels.

14. Διάνοιαν δέ. La pensée, c'est tout ce en quoi les acteurs déclarent quelque chose en parlant, ou manifestent leur idée.

15. Ἀνάγκη οὖν πάσης τραγ. Il est donc nécessaire que toute tragédie ait six parties, qui font que la tragédie est telle ou telle, qui la rendent bonne, médiocre, mauvaise.

16. Οἷς. Deux sont les moyens d'imitation : la parole et le chant. Ὡς, un est la manière d'imiter : en agissant devant les spectateurs. Trois sont les choses que l'on imite (ἅ) : la fable, les mœurs, les pensées.

17. Οὐκ ὀλίγοι αὐτῶν τῶν τραγῳδοποιῶν, la plupart des poëtes tragiques. — Πᾶν (δρᾶμα), tout poëme tragique.

18. Τῶν πραγμάτων σύστασις veut dire la réunion et l'arrangement des faits qui composent l'action dramatique. C'est la partie la plus importante de la tragédie.

19. Μίμησίς ἐστιν οὐκ ἀνθρώπων, la tragédie n'est pas l'imitation et la peinture des hommes en général ; elle ne se propose pas de montrer leurs divers caractères, mais une action. — Βίου. Aristote entend ici la vie morale, la conduite, ce qui se fait dans la vie. (Batteux.)

καὶ γὰρ ἡ εὐδαιμονία[20] ἐν πράξει ἐστί, καὶ τὸ τέλος πρᾶξίς τίς ἐστιν[21], οὐ ποιότης. Εἰσὶ δὲ κατὰ μὲν τὰ ἤθη ποιοί τινες, κατὰ δὲ τὰς πράξεις εὐδαίμονες ἢ τοὐναντίον. Οὔκουν ὅπως τὰ ἤθη μιμήσωνται πράττουσιν[22], ἀλλὰ τὰ ἤθη συμπεριλαμβάνουσι διὰ τὰς πράξεις. Ὥστε τὰ πράγματα καὶ ὁ μῦθος τέλος τῆς τραγῳδίας· τὸ δὲ τέλος[23] μέγιστον ἁπάντων. Ἔτι ἄνευ μὲν πράξεως οὐκ ἂν γένοιτο τραγῳδία, ἄνευ δὲ ἠθῶν γένοιτ' ἄν· αἱ γὰρ τῶν νέων τῶν πλείστων ἀήθεις[24] τραγῳδίαι εἰσί, καὶ ὅλως ποιηταὶ πολλοὶ τοιοῦτοι· οἷον καὶ τῶν γραφέων Ζεῦξις πρὸς Πολύγνωτον πέπονθεν[25]· ὁ μὲν γὰρ Πολύγνωτος ἀγαθὸς ἠθογράφος, ἡ δὲ Ζεύξιδος γραφὴ οὐδὲν ἔχει ἦθος. Ἔτι ἐάν τις ἐφεξῆς θῇ ῥήσεις ἠθικὰς καὶ λέξεις καὶ διανοίας εὖ

20. Καὶ γὰρ ἡ εὐδαιμονία. La pensée appelle καὶ ἡ κακοδαιμονία, qu'ajoutent certains éditeurs. Aristote a pu fort bien écrire le premier mot et sous-entendre l'autre.

21. Καὶ τὸ τέλος. Et la fin de la tragédie, le but que le poëte tragique se propose est de représenter une action, et non pas de peindre une qualité. Une action : par exemple, Iphigénie sera-t-elle immolée? Et non pas une qualité, comme fait Plaute, lorsqu'il peint l'avarice dans l'*Aulularia*.

22. Οὔκουν. *Non igitur agunt personæ ut mores imitentur (velut in comœdia), sed mores comprehendunt propter actiones.* Il faut bien que les personnages montrent tel ou tel caractère pour accomplir les actions qu'ils font. Par exemple, il faut que le poëte donne un caractère héroïque à celui qui fait une action héroïque.

23. Τὸ δὲ τέλος μέγιστον ἁπάντων. Or la fin est ce qu'il y a de plus important en toutes choses; c'est ce qui domine tout le reste, et à quoi tout le reste se rapporte. « En toute chose il faut considérer la fin », dit La Fontaine.

24. Ἀήθεις τραγῳδίαι. Il ne veut pas dire qu'il n'y ait point du tout de mœurs dans les nouvelles tragédies, mais que les poëtes s'appliquent surtout à l'invention et à l'arrangement des faits, et qu'ils cherchent peu à créer des caractères, comme ont fait chez nous Corneille et Racine.

25. Πεπονθέναι, être en rapport. Exemple : πέπονθε χεὶρ πρὸς χηλὴν (Aristote), il y a du rapport entre une main et une patte. Οἷον πέπονθε Ζ. πρὸς Π. «Tel est le rapport que l'on remarque entre Zeuxis et Polygnote. » Zeuxis d'Héraclée, dans la Grande Grèce, contemporain et rival de Parrhasius, fleurissait vers l'an 440 avant J.-C.

πεποιημένας, οὐ ποιήσει ὃ ἦν τῆς τραγῳδίας ἔργον, ἀλλὰ πολὺ μᾶλλον ἡ καταδεεστέροις τούτοις κεχρημένη τραγῳδία, ἔχουσα δὲ μῦθον καὶ σύστασιν πραγμάτων. Πρὸς δὲ τούτοις τὰ μέγιστα οἷς ψυχαγωγεῖ ἡ τραγῳδία τοῦ μύθου μέρη ἐστίν, αἵ τε περιπέτειαι καὶ ἀναγνωρίσεις[26]. Ἔτι σημεῖον[27] ὅτι καὶ οἱ ἐγχειροῦντες ποιεῖν πρότερον δύνανται τῇ λέξει καὶ τοῖς ἤθεσιν ἀκριβοῦν ἢ τὰ πράγματα συνίστασθαι, οἷον καὶ οἱ πρῶτοι ποιηταὶ σχεδὸν ἅπαντες. Ἀρχὴ μὲν οὖν καὶ οἷον ψυχὴ ὁ μῦθος τῆς τραγῳδίας, δεύτερον δὲ τὰ ἤθη. Παραπλήσιον γάρ ἐστι καὶ ἐπὶ τῆς γραφικῆς · εἰ γάρ τις ἐναλείψειε τοῖς καλλίστοις φαρμάκοις χύδην[28], οὐκ ἂν ὁμοίως εὐφράνειεν καὶ λευκογραφήσας εἰκόνα · ἔστι τε μίμησις πράξεως, καὶ διὰ ταύτην μάλιστα τῶν πραττόντων. Τρίτον δὲ ἡ διάνοια. Τοῦτο δ' ἐστὶ τὸ λέγειν δύνασθαι τὰ ἐνόντα καὶ τὰ ἁρμόττοντα, ὅπερ ἐπὶ τῶν λόγων τῆς πολιτικῆς[29]

26. Περιπέτειαι, ἀναγνωρίσεις. Une péripétie est un fait dramatique qui change la situation des personnages : comme lorsque Iphigénie, qui se rendait à l'autel pour épouser Achille, apprend qu'on l'y conduit pour l'immoler. Une reconnaissance, comme lorsque Electre reconnaît et embrasse vivant son frère Oreste, qu'elle croyait mort.

27. Ἔτι σημεῖον, ὅτι. Une autre preuve de ce que je dis, c'est que ceux qui commencent à composer des poëmes peuvent réussir dans le style et les mœurs, avant de savoir bien composer les actions; comme on le voit dans presque tous les anciens poëtes : chez eux les mœurs et le style l'emportent sur l'invention et la disposition des faits.

28. Χύδην, confusément, en jetant au hasard les plus belles couleurs sur une toile. R. Χέω, verser, *fundere*.

29. Ὅπερ ἐπὶ τῶν λόγων τῆς πολιτικῆς καὶ ῥητορικῆς, ἔργον ἐστίν. La pensée consiste à savoir dire les choses qui sont dans le sujet et celles qui s'y rapportent. Dans les discours publics, dans les harangues devant le Sénat ou le peuple, c'est la politique et la rhétorique qui apprennent quelles pensées il faut employer. Les anciens poëtes faisaient parler leurs personnages comme dans les délibérations politiques et selon la science politique ; aujourd'hui ils les font discourir selon les préceptes de la rhétorique ou de l'art oratoire qui s'enseigne dans les écoles. On peut faire cette remarque en lisant les tragédies d'Euripide.

καὶ ῥητορικῆς ἔργον ἐστίν· οἱ μὲν γὰρ ἀρχαῖοι πολιτικῶς ἐποίουν λέγοντας, οἱ δὲ νῦν ῥητορικῶς.

Ἔστι δὲ ἦθος[30] μὲν τὸ τοιοῦτον ὃ δηλοῖ τὴν προαίρεσιν ὁποία τις[31]· διόπερ οὐκ ἔχουσιν ἦθος τῶν λόγων ἐν οἷς[32] μηδ' ὅλως ἔστιν ὅ τι προαιρεῖται ἢ φεύγει ὁ λέγων. Διάνοια δὲ[33], ἐν οἷς ἀποδεικνύουσί τι ὡς ἔστιν ἢ ὡς οὐκ ἔστιν, ἢ καθόλου τι ἀποφαίνονται. Τέταρτον δὲ[34] τῶν μὲν λόγων ἡ λέξις... Λέγω δέ, ὥσπερ πρότερον εἴρηται, λέξιν εἶναι τὴν διὰ τῆς ὀνομασίας ἑρμηνείαν, ὃ καὶ ἐπὶ τῶν ἐμμέτρων καὶ ἐπὶ τῶν λόγων ἔχει τὴν αὐτὴν δύναμιν. Τῶν δὲ λοιπῶν[35] πέμπτον ἡ μελοποιία, μέγιστον τῶν ἡδυσμάτων. Ἡ δὲ ὄψις ψυχαγωγικὸν μέν, ἀτεχνότατον δὲ καὶ ἥκιστα οἰκεῖον τῆς ποιητικῆς· ἡ γὰρ τῆς τραγῳδίας δύναμις καὶ ἄνευ ἀγῶνος[36] καὶ ὑποκριτῶν

30. Ἔστι δὲ ἦθος. Pour que l'on ne confonde pas les mœurs avec la pensée, il en marque la différence. Par les mœurs poëtiques, on montre quel est le dessein, la volonté, le but que cherche celui qui parle. C'est pourquoi il n'y a pas de mœurs dans les discours où celui qui parle ne dit point ce qu'il veut ou ne veut pas, lorsqu'il ne montre ni désir ni répugnance. Tel est un témoin ou un messager qui raconte simplement un fait.

31. Avec ὁποία τις sous-entendez ἐστίν. Dans ὁποῖός τις, *qualis*, le mot τις ne sert qu'à augmenter le vague de l'idée. Quelques éditions ajoutent εἰ προαιρεῖται ἢ φεύγει, *si quis eligit aut vitat*. Cela paraît une glose peu nécessaire.

32. Τῶν λόγων. Plusieurs éditions donnent ἔνιοι τῶν λόγων. Cette addition paraît peu juste et est inutile, car τῶν λόγων ἐν οἷς, est mis pour οὗτοι τῶν λόγων ἐν οἷς.

33. Διάνοια δέ. La pensée, c'est quand les personnages disent qu'une chose est ou n'est pas, ou en général lorsqu'ils manifestent ou affirment quelque chose, un fait, une idée, une maxime, un jugement.

34. Τέταρτον δέ. Le texte paraît ici altéré. Il doit y avoir une petite lacune. « La quatrième chose, d'abord dans les discours [c'est l'élocution; de même, dans la tragédie, c'est aussi] l'élocution. » Après λέξις ajoutez : καὶ τῆς τραγῳδίας, et tout y sera.

35. Τῶν δὲ λοιπῶν, des parties qui restent, la cinquième est la mélopée, le plus grand de tous les agréments de la tragédie.

36. Ἄνευ ἀγῶνος, sans la représentation sur la scène.

ἐστίν. Ἔτι δὲ κυριωτέρα περὶ τὴν ἀπεργασίαν τῶν ὄψεων ἡ τοῦ σκευοποιοῦ[37] τέχνη τῆς τῶν ποιητῶν ἐστίν.

CHAPITRE VII.

De l'étendue de l'action dramatique.

Διωρισμένων δὲ τούτων, λέγωμεν μετὰ ταῦτα ποίαν τινὰ δεῖ τὴν σύστασιν εἶναι τῶν πραγμάτων[1], ἐπειδὴ τοῦτο καὶ πρῶτον καὶ μέγιστον τῆς τραγῳδίας ἐστίν.

Κεῖται δ' ἡμῖν[2] τὴν τραγῳδίαν τελείας καὶ ὅλης πράξεως εἶναι μίμησιν, ἐχούσης τι μέγεθος· ἔστι γὰρ ὅλον καὶ μηδὲν ἔχον μέγεθος[3]. Ὅλον δ' ἐστὶ τὸ ἔχον ἀρχὴν καὶ μέσον καὶ τελευτήν. Ἀρχὴ δ' ἐστὶν[4] ὃ αὐτὸ μὲν μὴ ἐξ ἀνάγκης μετ' ἄλλο ἐστί, μετ' ἐκεῖνο δ' ἕτερον πέφυκεν εἶναι, ἢ γίνεσθαι· τελευτὴ[5] δὲ τοὐναντίον ὃ αὐτὸ μετ' ἄλλο πέφυκεν εἶναι, ἢ ἐξ ἀνάγκης ἢ ὡς ἐπὶ τὸ πολύ, μετὰ δὲ τοῦτο ἄλλο οὐδέν. Μέσον[6] δέ, ὃ καὶ αὐτὸ μετ' ἄλλο καὶ μετ' ἐκεῖνο ἕτερον. Δεῖ ἄρα τοὺς συνεστῶτας εὖ μύθους μήθ'

37. Σκευοποιὸς est celui qui fabrique les costumes et les décors du théâtre. — Κυριωτέρα, l'art de préparer ce qui concerne le spectacle appartient plutôt à l'artiste chargé des décors qu'au poëte. Construisez : ἡ τέχνη τοῦ σκευοποιοῦ ἐστι κυριωτέρα τῆς τέχνης τῶν ποιητῶν.

VII. — 1. Τὴν σύστασιν τῶν πραγμάτων, l'ensemble des faits, l'action tragique, la fable.

2. Κεῖται ἡμῖν, *constitutum jacet nobis*, c'est chose établie pour nous que...

3. Ἔστι γὰρ ὅλον. Car il y a des choses entières qui n'ont point d'étendue.

4. Ἀρχή. Le commencement est ce qui par soi-même ne vient pas nécessairement après une autre chose, mais après quoi une autre chose doit nécessairement arriver.

5. Τελευτή. La fin au contraire est ce qui vient après une autre chose, soit nécessairement soit pour l'ordinaire, et après quoi rien autre chose ne doit venir.

6. Μέσον. Le milieu est ce qui vient après une chose et après quoi vient une autre chose. — Cela est subtile, mais juste, clair, utile. Ces définitions servent dans la narration, le drame, le discours.

ὁπόθεν ἔτυχεν ἄρχεσθαι, μήθ' ὅπου ἔτυχε τελευτᾶν, ἀλλὰ κεχρῆσθαι ταῖς εἰρημέναις ἰδέαις.

Ἔτι δ' ἐπεὶ[7] τὸ καλὸν καὶ ζῷον καὶ ἅπαν πρᾶγμα ὃ συνέστηκεν ἔκ τινων, οὐ μόνον ταῦτα τεταγμένα δεῖ ἔχειν, ἀλλὰ καὶ μέγεθος ὑπάρχειν μὴ τὸ τυχόν· τὸ γὰρ καλὸν ἐν μεγέθει καὶ τάξει ἐστί· διὸ οὔτε πάμμικρον ἄν τι γένοιτο καλὸν ζῷον· συγχεῖται[8] γὰρ ἡ θεωρία ἐγγὺς τοῦ ἀναισθήτου χρόνου γινομένη· οὔτε παμμέγεθες· οὐ γὰρ ἅμα ἡ θεωρία γίγνεται, ἀλλ' οἴχεται τοῖς θεωροῦσι τὸ ἓν καὶ τὸ ὅλον ἐκ τῆς θεωρίας, οἷον εἰ μυρίων σταδίων εἴη ζῷον. Ὥστε δεῖ καθάπερ ἐπὶ τῶν σωμάτων καὶ ἐπὶ τῶν ζῴων ἔχειν μὲν μέγεθος, τοῦτο δὲ εὐσύνοπτον εἶναι[9], οὕτω καὶ ἐπὶ τῶν μύθων ἔχειν μὲν μῆκος, τοῦτο δ' εὐμνημόνευτον εἶναι. Τοῦ δὲ μήκους ὅρος πρὸς μὲν τοὺς ἀγῶνας[10] καὶ τὴν αἴσθησιν οὐ τῆς τέχνης ἐστίν· εἰ

7. Ἔτι δ' ἐπεί. Phrase inachevée. Une longue parenthèse s'ouvre à τὸ γὰρ καλὸν, et se ferme sur εἴη ζῷον. Puis l'écrivain reprend la phrase commencée pour l'achever.

8. Συγχεῖται γὰρ ἡ θεωρία. Car la vision se confond, ayant lieu dans un temps presque insensible ; ou comme traduit Egger : « La vision n'est pas distincte, quand la durée en est presque imperceptible. » Cette raison ne semble pas très-juste; parce qu'on peut considérer un petit objet aussi longtemps qu'un grand objet. Aristote n'aurait-il point mis χώρου au lieu de χρόνου? Alors on traduirait : « Un animal très-petit ne peut être beau, parce que la vision, se portant sur un espace presque imperceptible, n'est pas distincte. » Batteux conjecturait ce sens, lorsqu'il traduisait : « Un animal très-petit ne peut pas être beau, parce que les parties trop réunies se confondent. »

9. Εὐσύνοπτον, εὐμνημόνευτον, deux mots importants, qui aident à marquer l'étendue d'un poëme et d'un discours.

10. Τοὺς ἀγῶνας. Aristote parle des concours qui avaient lieu à certaines fêtes entre les poëtes tragiques. Chaque poëte présentait trois tragédies et un drame. — Αἴσθησις est le sentiment, la disposition, le goût du spectateur. Egger rend bien ce passage obscur : « Fixer la dimension d'une tragédie selon la durée des fêtes où les concours ont lieu, et selon le goût du public, ne dépend pas de l'art.

γὰρ ἔδει ἑκατὸν τραγῳδίας ἀγωνίζεσθαι, πρὸς κλεψύδρας ἂν ἠγωνίζοντο, ὥσπερ ποτὲ καὶ ἄλλοτέ φασιν[11]. Ὁ δὲ κατ' αὐτὴν τὴν φύσιν τοῦ πράγματος ὅρος, ἀεὶ μὲν ὁ μείζων μέχρι τοῦ σύνδηλος εἶναι[12] καλλίων ἐστὶ κατὰ τὸ μέγεθος. Ὡς δὲ ἁπλῶς διορίσαντας εἰπεῖν[13], ἐν ὅσῳ μεγέθει κατὰ τὸ εἰκὸς ἢ τὸ ἀναγκαῖον ἐφεξῆς γιγνομένων, συμβαίνει εἰς εὐτυχίαν ἐκ δυστυχίας ἢ ἐξ εὐτυχίας εἰς δυστυχίαν μεταβάλλειν, ἱκανὸς ὅρος ἐστὶ τοῦ μεγέθους.

CHAPITRE VIII.

De l'unité de l'action dramatique ou épique.

Μῦθος δ' ἐστὶν εἷς, οὐχ ὥσπερ τινὲς οἴονται, ἐὰν περὶ ἕνα ᾖ· πολλὰ γὰρ καὶ ἄπειρα τῷ ἑνὶ συμβαίνει, ἐξ ὧν ἐνίων οὐδέν ἐστιν ἕν· οὕτω δὲ καὶ πράξεις ἑνὸς πολλαί εἰσιν ἐξ ὧν μία οὐδεμία γίνεται πρᾶξις. Διὸ πάντες ἐοί-

11. Ποτὲ καὶ ἄλλοτε, quelquefois et dans d'autres circonstances, par exemple dans les plaidoyers. — Κλεψύδρας, clepsydre, horloge d'eau.

12. Μέχρι τοῦ σύνδηλος εἶναι. L'attribut σύνδηλος est au nominatif, attiré à ce cas par ὁ μείζων. (Synt., 265.)

13. Ὡς δὲ ἁπλῶς διορίσαντας εἰπεῖν, pour parler en donnant une définition simple. Comme la phrase suivante est compliquée, nous la construirons et la traduirons. Τοσοῦτος ὅρος τοῦ μεγέθους ἐστὶν ἱκανός, ὅσον ἐστὶ μέγεθος ἐν ᾧ συμβαίνει ἀνθρώπους μεταβάλλειν εἰς εὐτυχίαν ἐξ ἀτυχίας, ἢ ἐξ εὐτυχίας εἰς ἀτυχίαν, τῶν πραγμάτων γιγνομένων ἐφεξῆς κατὰ τὸ εἰκὸς ἢ κατὰ τὸ ἀναγκαῖον. *In quanta magnitudine rerum sibi succedentium secundum verisimilitudinem vel necessitatem, contingit mutationem fieri vel ex bona in malam fortunam, vel ex mala in bonam, hic est finis aptissimus magnitudinis.* Pour donner une définition simple, disons ceci : la dimension requise pour que les événements qui naissent les uns des autres, selon la nécessité ou selon la vraisemblance, puissent passer du bonheur au malheur ou du malheur au bonheur : telle est l'étendue convenablement limitée. — Τὸ εἰκός, τὸ ἀναγκαῖον. Expliquons cela par un exemple : le jeune Horace tue sa sœur qui l'insulte : cela est vraisemblable. Après qu'il l'a tuée, il est mis en jugement, cela est nécessaire.

κασιν ἁμαρτάνειν, ὅσοι τῶν ποιητῶν Ἡρακληΐδα, καὶ Θησηΐδα[1], καὶ τὰ τοιαῦτα ποιήματα πεποιήκασιν· οἴονται γὰρ ἐπεὶ εἷς ἦν ὁ Ἡρακλῆς, ἕνα καὶ τὸν μῦθον εἶναι προσήκειν. Ὁ δ' Ὅμηρος, ὥσπερ καὶ τὰ ἄλλα διαφέρει, καὶ τοῦτ' ἔοικε καλῶς ἰδεῖν, ἤτοι διὰ τέχνην ἢ διὰ φύσιν· Ὀδύσσειαν γὰρ ποιῶν οὐκ ἐποίησεν ἅπαντα ὅσα αὐτῷ συνέβη[2], οἷον πληγῆναι μὲν ἐν τῷ Παρνασσῷ[3], μανῆναι δὲ προσποιήσασθαι ἐν τῷ ἀγερμῷ[4], (ὧν οὐδὲν θατέρου γενομένου ἀναγκαῖον ἦν ἢ εἰκὸς θάτερον γενέσθαι[5]), ἀλλὰ περὶ μίαν πρᾶξιν, οἵαν λέγομεν, τὴν Ὀδύσσειαν συνέστησεν, ὁμοίως δὲ καὶ τὴν Ἰλιάδα.

Χρὴ οὖν, καθάπερ καὶ ἐν ταῖς ἄλλαις μιμητικαῖς ἡ μία μίμησις ἑνός ἐστιν, οὕτω καὶ τὸν μῦθον, ἐπεὶ πράξεως μίμησίς ἐστι, μιᾶς τε εἶναι ταύτης καὶ ὅλης, καὶ τὰ μέρη συνεστάναι[6] τῶν πραγμάτων οὕτως ὥστε,

VIII. — 1. Ἡρακληΐδα καὶ Θησηΐδα. Plusieurs poëtes cycliques avaient raconté, les uns toute l'histoire d'Hercule, les autres celle de Thésée. Leurs ouvrages n'étaient point des épopées, mais des biographies ou histoires en vers.

2. Αὐτῷ συνέβη, c'est-à-dire, τῷ Ὀδύσσει, mot contenu dans Ὀδύσσειαν.

3. Πληγῆναι ἐν τῷ Παρνάσσῳ. Homère, raconte au livre XIX de l'*Odyssée*, comment Ulysse fut blessé à la cuisse par un sanglier, lorsqu'il chassait sur le mont Parnasse.

4. Ἐν τῷ ἀγερμῷ. « Le rassemblement » des chefs est la première période de la fameuse guerre chantée par les poëtes. Ulysse contrefit l'insensé pour éviter d'aller à Troie. Mais Palamède découvrit que sa folie n'était qu'une feinte. — Homère pouvait raconter ces faits, comme épisodes, dans le cours de son récit; mais ils n'entrent pas dans son plan.

5. Traduisez comme s'il y avait : τοῦ ἑτέρου τούτων γενομένου, οὐδὲν ἀναγκαῖον ἢ εἰκὸς ἦν τὸ ἕτερον γενέσθαι. Une de ces choses ayant lieu, il n'était point nécessaire ni vraisemblable que l'autre dût arriver.

6. Τὰ μέρη συνεστάναι. Il faut que les parties de la fable soient tellement liées entre elles que, si une seule est transposée ou retranchée, ce ne soit plus un tout ou le même tout. Διαφέρεσθαι καὶ κινεῖσθαι, en sorte que tout soit dispersé et bouleversé. Διαφέρεσθαι, *disjici*, comme les parties d'un objet qui ne se tiennent plus.

μετατιθεμένου τινὸς μέρους ἢ ἀφαιρουμένου, διαφέρεσθαι καὶ κινεῖσθαι τὸ ὅλον· ὃ γὰρ προσὸν ἢ μὴ προσὸν μηδὲν ποιεῖ ἐπίδηλον[1], οὐδὲν μόριον τοῦ ὅλου ἐστίν.

CHAPITRE IX.

1. Différence de l'histoire et de la poésie. Si le sujet doit être pris dans l'histoire.

Φανερὸν δὲ ἐκ τῶν εἰρημένων καὶ ὅτι οὐ τὸ τὰ γενόμενα λέγειν, τοῦτο ποιητοῦ ἔργον ἐστίν, ἀλλ' οἷα ἂν γένοιτο, καὶ τὰ δυνατὰ κατὰ τὸ εἰκὸς ἢ τὸ ἀναγκαῖον. Ὁ γὰρ ἱστορικὸς καὶ ὁ ποιητὴς οὐ τῷ ἢ ἔμμετρα λέγειν ἢ ἄμετρα διαφέρουσιν· εἴη γὰρ ἂν τὰ Ἡροδότου εἰς μέτρα τεθῆναι, καὶ οὐδὲν ἧττον ἂν εἴη ἱστορία τις μετὰ μέτρου ἢ ἄνευ μέτρων· ἀλλὰ τούτῳ διαφέρει, τῷ τὸν μὲν τὰ γενόμενα λέγειν, τὸν δὲ οἷα ἂν γένοιτο. Διὸ καὶ φιλοσοφώτερον καὶ σπουδαιότερον ποίησις ἱστορίας ἐστίν[1]· ἡ μὲν γὰρ ποίησις μᾶλλον τὰ καθόλου, ἡ δ' ἱστορία τὰ

6. Ὃ γὰρ, προσὸν ἢ μὴ προσὸν, μηδὲν ποιεῖ ἐπίδηλον, οὐδὲν μόριον τοῦ ὅλου ἐστιν. Ce qui étant ajouté ou retranché ne fait pas une chose apparente, (c'est-à-dire, ce qui peut être ajouté ou retranché sans qu'il y paraisse), n'est point une partie du tout. *Denique sit quodvis simplex dumtaxat et unum.* (Hor., *A. P.*, 23.) « Que d'un art délicat les pièces assorties, Ne forment qu'un seul tout de diverses parties. » (Boil., *A. P.*, III.) — Plusieurs éditions donnent οὐδὲ μόριον, au lieu de οὐδὲν μόριον. C'est le même sens. — Ce chapitre contient d'excellents principes sur l'unité. Ces idées d'Aristote, pleines de justesse, peuvent guider non-seulement le poëte, mais encore l'orateur.

IX. — 1. Διὸ καὶ φιλοσοφώτερον. C'est pour cela que la poésie est plus philosophique et plus grave que l'histoire. Aristote considère le poëte comme exprimant ses nobles idées, fruit de ses méditations ; et l'historien comme racontant seulement ce qui est arrivé. — Ἱστορίας est au génitif comme régime du comparatif φιλοσοφώτερον.

καθ' ἕκαστον λέγει. Ἔστι δὲ καθόλου μέν[2], τῷ ποίῳ τὰ ποῖα ἄττα συμβαίνει λέγειν ἢ πράττειν κατὰ τὸ εἰκὸς ἢ τὸ ἀναγκαῖον· οὗ στοχάζεται ἡ ποίησις ὀνόματα ἐπιτιθεμένη. Τὸ δὲ καθ' ἕκαστον, τί Ἀλκιβιάδης ἔπραξεν ἢ τί ἔπαθεν. Ἐπὶ μὲν οὖν τῆς κωμῳδίας ἤδη τοῦτο δῆλον γέγονεν· συστήσαντες γὰρ τὸν μῦθον διὰ τῶν εἰκότων οὕτω τὰ τυχόντα ὀνόματα ἐπιτιθέασιν, καὶ οὐχ ὥσπερ οἱ ἰαμβοποιοὶ[3] περὶ τῶν καθ' ἕκαστον ποιοῦσιν. Ἐπὶ δὲ τῆς τραγῳδίας τῶν γενομένων ὀνομάτων ἀντέχονται· αἴτιον δ' ὅτι πιθανόν ἐστι τὸ δυνατόν· τὰ μὲν οὖν μὴ γενόμενα οὔπω πιστεύομεν εἶναι δυνατά[4], τὰ δὲ γενόμενα φανερὸν ὅτι δυνατά· οὐ γὰρ ἂν ἐγένετο, εἰ ἦν ἀδύνατα. Οὐ μὴν ἀλλὰ καὶ ἐν ταῖς τραγῳδίαις, ἐνίαις μὲν ἓν ἢ δύο τῶν γνωρίμων ἐστὶν ὀνομάτων, τὰ δὲ ἄλλα πεποιημένα· ἐν ἐνίαις δὲ οὐθέν, οἷον ἐν τῷ Ἀγάθωνος Ἄνθει[5]· ὁμοίως γὰρ ἐν τούτῳ τά τε πράγματα καὶ τὰ ὀνόματα πεποίηται, καὶ οὐδὲν ἧττον εὐφραίνει. Ὥστ' οὐ πάντως εἶναι ζητητέον τῶν παραδεδομένων μύθων[6], περὶ οὓς αἱ

2. Ἔστι δὲ καθόλου. La pensée n'est pas obscure; mais l'explication littérale de cette phrase est un peu difficile. Voici la manière la plus simple de l'interpréter. Ἔστι δὲ τὸ καθόλου μὲν τοῦτο· τῷ ποίῳ τὰ ποῖα ἄττα συμβαίνει λέγειν. *Est autem universale hoc, nempe quali qualia contingit dicere aut agere.* Voici ce qu'on entend par « le général ». Ce sont les choses quelconques que tel ou tel homme fera probablement ou nécessairement. Ἄττα, qui embarrasse quelques hellénistes, est mis pour τινά, et ποῖά τινα est la même chose que ποῖα.

3. Ἰαμβοποιοί, οἱ ἰαμβοποιοί, les faiseurs d'iambes violents, les poëtes satiriques qui déchiraient leurs rivaux dans des vers injurieux, comme fit Archiloque. *Archilochum proprio rabies armavit iambo.* (Hor.)

4. Οὔπω πιστεύομεν, *nondum credimus.* Quand on nous raconte des choses qui ne sont pas arrivées, nous ne croyons pas qu'elles soient possibles, jusqu'à ce qu'on nous l'ait prouvé.

5. Ἀγάθωνος Ἄνθει, la *Fleur d'Agathon.* Ce poëme ne nous est connu que par ce seul mot d'Aristote.

6. Τῶν παραδεδομένων μύθων, les fables traditionnelles, les sujets fournis par les anciennes annales de la Grèce.

τραγῳδίαι εἰσίν, ἀντέχεσθαι. Καὶ γὰρ γελοῖον τοῦτο ζητεῖν, ἐπεὶ καὶ τὰ γνώριμα ὀλίγοις γνώριμά ἐστιν, ἀλλ' ὅμως εὐφραίνει πάντας.

Δῆλον οὖν ἐκ τούτων ὅτι τὸν ποιητὴν μᾶλλον τῶν μύθων εἶναι δεῖ ποιητὴν ἢ τῶν μέτρων[7], ὅσῳ ποιητὴς κατὰ τὴν μίμησίν ἐστι, μιμεῖται δὲ τὰς πράξεις. Κἂν ἄρα συμβῇ γενομένα ποιεῖν, οὐθὲν ἧττον ποιητής ἐστιν· τῶν γὰρ γενομένων ἔνια οὐδὲν κωλύει τοιαῦτα εἶναι οἷα ἂν εἰκὸς γενέσθαι καὶ δυνατὰ γενέσθαι, καθ' ὃ ἐκεῖνος αὐτῶν ποιητής ἐστιν.

II. Si l'épisode dans le drame est un défaut. De la surprise ou des coups de théâtre.

Τῶν δὲ ἁπλῶν μύθων καὶ πράξεων αἱ ἐπεισοδιώδεις εἰσὶ χείρισται. Λέγω δ' ἐπεισοδιώδη μῦθον, ἐν ᾧ τὰ ἐπεισόδια μετ' ἄλληλα οὔτ' εἰκὸς οὔτ' ἀνάγκη εἶναι. Τοιαῦται δὲ ποιοῦνται ὑπὸ μὲν τῶν φαύλων ποιητῶν δι' αὐτούς, ὑπὸ δὲ τῶν ἀγαθῶν διὰ τοὺς ὑποκριτάς[8]· ἀγωνίσματα γὰρ ποιοῦντες[9], καὶ παρὰ τὴν δύναμιν παρατείναντες μῦθον, πολλάκις διαστρέφειν ἀναγκάζονται τὸ ἐφεξῆς. Ἐπεὶ δὲ οὐ μόνον τελείας ἐστὶ πράξεως[10] ἡ μί-

7. Ἢ τῶν μέτρων. Excellente distinction entre un versificateur et un poëte. Toutes les idées contenues dans ce premier paragraphe du chapitre IX sont très-sages et d'une justesse parfaite, sauf ce qui est dit de l'histoire, parce qu'elle n'est pas moins philosophique que la poésie la plus grave.

8. Διὰ τοὺς ὑποκριτάς. « On voit, dit La Harpe, que ce n'est pas d'aujourd'hui que l'on s'est plaint de l'inévitable tyrannie qu'exercent sur un artiste ceux qui sont les instruments uniques et nécessaires de son art. »

9. Ἀγωνίσματα ποιοῦντες, faisant des pièces pour les concours, pour plaire aux juges et enlever leurs suffrages.

10. Ἐπεὶ δὲ οὐ μόνον τελείας. La phrase est incomplète; il y a une lacune. Nous avons le commencement d'une première phrase et la fin d'une seconde. Voici comment on pourrait traduire le morceau et restituer ce

μησις, ἀλλὰ καὶ φοβερῶν καὶ ἐλεεινῶν, ταῦτα δὲ γίνεται καὶ μάλιστα,... καὶ μᾶλλον ὅταν γένηται παρὰ τὴν δόξαν[11] δι' ἄλληλα· τὸ γὰρ θαυμαστὸν οὕτως ἕξει μᾶλλον ἢ εἰ ἀπὸ τοῦ αὐτομάτου[12] καὶ τῆς τύχης, ἐπεὶ καὶ τῶν ἀπὸ τύχης ταῦτα θαυμασιώτατα δοκεῖ, ὅσα ὥσπερ ἐπίτηδες φαίνεται γεγονέναι· οἷον ὡς ὁ ἀνδριὰς ὁ τοῦ Μίτυος ἐν Ἄργει ἀπέκτεινε τὸν αἴτιον τοῦ θανάτου τῷ Μίτυϊ, θεωροῦντι ἐμπεσών[13]· ἔοικε γὰρ τὰ τοιαῦτα οὐκ εἰκῆ γενέσθαι. Ὥστε ἀνάγκη τοὺς τοιούτους εἶναι καλλίους μύθους.

qui manque. « Mais comme l'imitation a pour objet non-seulement une action complète, mais encore la terreur et la pitié, et comme ces deux passions sont excitées principalement [par des événements malheureux, il faut montrer les causes qui les produisent. Car on se laisse émouvoir aux périls et aux malheurs qui paraissent vraisemblables;] ce qui a lieu davantage encore lorsque les événements naissent l'un de l'autre (δι' ἄλληλα) sans être attendus. Car la surprise est ainsi plus grande que si les choses arrivaient par hasard.» La lacune du texte pourrait se combler à peu près ainsi : Ἐπεὶ... ταῦτα δὲ γίνεται καὶ μάλιστα [ἐκ τῆς ἀτυχίας, δεῖ ταύτης αἰτίαν προδεῖξαι· τὸ γὰρ ἀτυχές, ὃν πιθανὸν, κινεῖ·] καὶ μᾶλλον ὅταν γ.

11. Παρὰ τὴν δόξαν. Ce mot indique les événements frappants qu'on appelle coups de théâtre. « L'esprit ne se sent point plus vivement frappé, Que lorsqu'en un sujet d'intrigue enveloppé, D'un secret tout à coup la vérité connue Change tout, donne à tout une face imprévue. » (Boil., *A. P.*, III.)

12. Τὸ αὐτόματον, ce qui arrive de soi-même, sans cause; ἡ τύχη, le hasard. C'est la même chose. Ἔοικε γὰρ τὰ τοιαῦτα οὐκ εἰκῆ γενέσθαι. Car de tels événements semblent ne pas arriver sans dessein. On croit y découvrir une action de la Providence.

13. Θεωροῦντι. La statue de Mithys tomba sur le meurtrier de Mithys pendant qu'il la regardait, ou bien pendant qu'il assistait à un spectacle. Car c'est le sens propre du verbe θεωρέω, et Plutarque racontant la même histoire, dit que le fait eut lieu pendant une fête, θέας οὔσης. (*Des délais de la vengeance divine*, c. VIII.) Dans le *Criton*, (c. XIV), lorsque les Lois disent à Socrate, qu'il n'est jamais sorti d'Athènes pour aller voir les jeux Olympiques ou Néméens, elles emploient le mot θεωρίαν : Οὔτ' ἐπὶ θεωρίαν πώποτε ἐκ τῆς πόλεως ἐξῆλθες. Le second sens que nous donnons à θεωροῦντι semble donc justifié.

PARIS, — IMP. V. GOUPY ET JOURDAN, RUE DE RENNES, 71.

Bourges, typ. E. Pigelet et Fils et Tardy.

www.ingramcontent.com/pod-product-compliance
Lightning Source LLC
LaVergne TN
LVHW050501160826
845677LV00003B/869